L. Frank Baum

El mago de Oz

Adaptación
Germán Vives

Ilustraciones
Robert Ingpen

Actividades
Josep Santamaría

Vicens Vives

Colección dirigida por

Francisco Antón

El mago de Oz

Primera edición, 2000
Reimpresiones, 2001, 2002, 2003, 2004
2005, 2006, 2006, 2007, 2007, 2008
2009, 2010, 2011, 2012, 2012, 2013
Segunda edición, 2014
Primera reimpresión, 2015
Segunda reimpresión, 2016

Depósito Legal: B. 1.024-2014
ISBN: 978-84-682-1782-6
Núm. de Orden V.V.: IX62

IMPRESO EN ESPAÑA. PRINTED IN SPAIN.

Índice

El mago de Oz

El mago de Oz

El tornado

Dorotea había perdido a sus padres siendo muy niña, y desde entonces había vivido con sus tíos Enrique y Emma, dos viejos granjeros que tenían una casa muy humilde en medio de las extensas praderas de Kansas,[1] y que siempre estaban serios y tristes. A fuerza de trabajar todos los días de sol a sol, el tío Enrique había adquirido el mismo tono triste del paisaje. Todo en él era gris, desde su larga barba a sus botas, toscas y ordinarias. En cuanto a la tía Emma, había sido una mujer muy hermosa en su juventud, pero el sol y el viento habían apagado el brillo de sus ojos, el color rosado de sus mejillas y el rojo de sus labios.

También Dorotea se habría vuelto tan gris como las praderas de Kansas de no haber sido por Totó, un gracioso perrillo al que la niña quería con locura y con el que jugaba a todas horas. Totó tenía el pelo negro, largo y suave, unas orejas puntiagudas de diablillo y unos ojos pequeños que brillaban con alegría a los dos lados de su hocico húmedo y respingón.

Un día, Dorotea se encontraba a la puerta de su casa con Totó en brazos. Estaba pensando en lo aburrida que era Kansas y en lo mucho que le gustaría ver el mar, cuando el tío Enrique salió de

---

1 **Kansas** es un estado del centro de los Estados Unidos.

casa y se sentó a su lado. El granjero miró con preocupación el cielo, que parecía mucho más gris que de costumbre. A lo lejos se oía el ronco aullido del viento, que levantaba remolinos de paja y una densa polvareda. De repente, el tío Enrique se puso en pie.

—¡Se acerca un tornado, Emma! —le gritó a su esposa.

—¿Otra vez? —dijo ella desde el interior de la casa.

—Otra vez —replicó el tío Enrique—, y creo que este es de los peligrosos, así que será mejor que Dorotea y tú os refugiéis en el sótano. Mientras tanto, iré a echar un vistazo al ganado.

Por desgracia, los tornados eran muy habituales en Kansas. Algunos resultaban tan feroces, que derribaban todos los edificios que hallaban a su paso. Para proteger a su familia, el tío Enrique había excavado un agujero en el suelo de la casa, y luego lo había tapado con una trampilla[2] y provisto de una escalera.

Dorotea se apresuró a refugiarse en el sótano, pero el pobre Totó, que estaba muy asustado y gemía sin cesar, saltó de sus brazos y corrió a esconderse debajo de una cama.

—¡Sal de ahí, Totó! —dijo Dorotea con cariño—. Debería darte vergüenza ser tan miedoso.

—¡Vamos, Dorotea —gritó la tía Emma desde el sótano—, ven a esconderte! ¡El tornado está a punto de llegar!

Pero Dorotea no quería ir al sótano sin su perrito, así que continuó rogándole a Totó que saliera de debajo de la cama.

—Escúchame, Totó —le advirtió, armándose de paciencia—, ¿no ves que corremos peligro? Sal de ahí, por favor.

El perro, sin embargo, no le hacía ningún caso: se había acurrucado junto a la pared y no paraba de gruñir.

—Vamos, Totó —insistió la niña—. Si sales, te daré el hueso más grande que te puedas imaginar.

La tía Emma seguía gritando desde el sótano:

—¿Es que te has vuelto loca, Dorotea? ¿No te das cuenta de que vas a salir volando por los aires?

2 **trampilla**: ventanilla o portezuela hecha en el suelo de una casa que comunica con la habitación de abajo.

Al fin, como Totó era un perro muy testarudo, Dorotea no tuvo más remedio que meterse debajo de la cama, agarrarlo de una pata y estirar de él. La niña salió corriendo con Totó en brazos, pero, cuando estaba a punto de alcanzar la trampilla, el viento comenzó a aullar como un lobo enfurecido y la casa se estremeció de arriba abajo. Las paredes temblaron, los cristales de las ventanas saltaron en pedazos y Dorotea cayó al suelo.

Lo que sucedió después fue la cosa más terrible y extraña que la niña había visto en su vida. La casa empezó a girar sobre sí misma como una peonza enloquecida y subió por los aires con la ligereza de una pluma. Los vientos fríos del norte y los vientos cálidos del sur habían topado justo donde se encontraba la casa y la habían convertido en el centro exacto del tornado, por lo que el edificio entero se levantó poco a poco hasta tocar casi el cielo y, una

vez allí, comenzó a volar con suavidad a lo largo de cientos y cientos de kilómetros.

«Es igual que viajar en globo», pensó Dorotea. Al principio se sentía un poco mareada por el vaivén de la casa, pero pronto se dejó mecer como un bebé en su cuna. Totó, en cambio, estaba tan asustado por el aullido del viento, que corría por la habitación sin parar mientras daba ladridos de espanto.

Al cabo de un buen rato, como nada sucedía, la niña gateó por el suelo, se subió a su cama y se tumbó sobre las sábanas. Totó corrió a acostarse a su lado y, al instante, ambos se quedaron profundamente dormidos.

Los mascones

De pronto, la casa retumbó con tanta fuerza como si hubiera chocado contra un enorme muro de piedra, y Dorotea despertó con el corazón en un puño. Totó pegó su frío hociquillo a la cara de la niña y gimió asustado.

—¡Caramba! —dijo Dorotea—. Si no llegamos a estar en la cama, nos habríamos llevado un buen golpe.

Entonces la niña se levantó y miró a su alrededor.

—¡Fíjate, Totó! —exclamó—. La casa ha dejado de moverse, ya no sopla el viento y ha salido el sol. ¡Vamos fuera!

Al cruzar la puerta, Dorotea se llevó una sorpresa colosal. La casa había aterrizado en medio de un campo muy hermoso, alfombrado de verde hierba y salpicado de flores blancas y amarillas, rojas y violetas. Había árboles con las copas rebosantes de frutos dorados, pájaros de plumas relucientes que cantaban sin cesar, y un arroyuelo cuyas aguas cristalinas susurraban dulcemente.

La niña miró fascinada el campo, completamente distinto de las secas y grises praderas de Kansas, pero al instante se le acercaron cuatro extraños personajes que la dejaron más asombrada aún. Eran tres hombres vestidos de azul, con cara de anciano pero tan bajitos como un niño, y una viejecilla con el rostro arrugado como una nuez, cabellos blancos y andares muy lentos. Los cuatro

llevaban un sombrero puntiagudo lleno de campanillas que tintineaban[1] al menor movimiento.

Los tres hombres permanecieron en silencio y con la cabeza agachada, como si tuvieran miedo de Dorotea, pero la anciana se le acercó con una sonrisa y le hizo una larga reverencia.[2]

—Noble hechicera, sé bienvenida al País de los Mascones —dijo con una voz suave—. Te estamos muy agradecidos.

—¿A mí? —exclamó Dorotea con sorpresa—. ¿Por qué? ¡Pero si yo no he hecho nada!

—No seas modesta. Todo el mundo se ha enterado ya de tu proeza.[3] Y debes sentirte muy orgullosa, porque no se mata a una bruja malvada todos los días.

—¿Que yo he matado a una bruja? —dijo Dorotea, echándose a temblar—. ¡Yo nunca he matado a nadie!

—Está bien, no te enfades —replicó la viejecita—. Tal vez no pretendías matarla, pero está claro que tu casa lo ha conseguido. Si te das media vuelta, tú misma podrás comprobarlo.

Dorotea obedeció al instante, y lo que vio le hizo dar un grito de horror: por debajo de la esquina de su casa, asomaban unos pies calzados con unos puntiagudos zapatos de plata.

—¡Dios mío! —gritó la niña—. ¡La casa le ha caído encima a esa señora! ¡Tenemos que ayudarla!

—Ni lo sueñes —respondió la viejecita con serenidad—. Por suerte, es del todo imposible resucitarla.

—¿Por suerte? —repitió Dorotea sin dar crédito a lo que oía—. ¿Cómo puedes decir eso?

---

1 **tintineaban:** hacían «tintín», como las campanillas.

2 **reverencia:** saludo respetuoso que se hace inclinando el cuerpo hacia delante.

3 **proeza:** acción muy difícil y peligrosa, propia de una persona valiente.

—Porque esa mujer era la malvada bruja del este, que esclavizó a los mascones durante cientos de años. Los obligaba a trabajar día y noche, pero ahora son libres y te están muy agradecidos.

—¿Los mascones? ¿Quiénes son los mascones?

—Son los habitantes del País del Este, como ellos —respondió la viejecita, señalando a los tres hombrecillos.

—¿Y tú también eres uno de ellos?

—No, aunque cuento con su amistad. Yo vivo en el País del Norte, pero cuando los mascones vieron que la bruja del este había muerto, me enviaron un mensaje para darme la buena noticia, y vine tan rápido como pude. Soy el hada del norte, para servirte.

—¿De verdad eres un hada?

—Por supuesto. Debes saber que en el País de Oz hay dos brujas y dos hadas. En el norte y el sur viven las hadas, que son buenas: yo soy la del norte. En cambio, en el este y el oeste vivían dos brujas malvadas. Pero, como tú has matado a una de ellas, ahora solo queda una bruja en el País de Oz, la del oeste.

—La tía Emma siempre dice que las brujas y las hadas murieron hace miles de años —replicó Dorotea.

—¿Quién es la tía Emma?

—Es mi tía, que vive en Kansas.

—¿Kansas? ¿Y dónde queda eso? ¿Es un lugar civilizado?

—Pues claro que sí —respondió la niña, algo ofendida.

—Eso lo explica todo. En los países civilizados ya no hay hadas ni brujas ni magos. Pero el País de Oz se encuentra apartado del resto del mundo, por eso todavía quedan brujas entre nosotros.

—¿Quién es Oz? —preguntó Dorotea muy extrañada.

—Oz es el gran mago —le explicó el hada del norte—. Es más poderoso que todas las brujas juntas.

Dorotea estaba hecha un lío. Se le ocurrían cientos de preguntas, pero los tres mascones la interrumpieron cuando estaba a punto de hacer otra:

—¡Los pies de la bruja han desaparecido! —gritaron los hombrecillos aterrorizados—. ¡Solo han quedado sus zapatos!

El hada del norte se echó a reír.

—La pobre bruja del este era tan requetevieja —dijo— que se ha secado al sol en un plis-plas. Me alegro mucho, porque así ya no volverá a molestar a los mascones.

La viejecita se agachó a recoger los zapatos de plata de la bruja y, tras sacudirles el polvo, se los entregó a Dorotea.

—Los zapatos son ahora tuyos —le dijo—, y puedes ponértelos cuando quieras.

—La bruja del este estaba muy orgullosa de ellos porque tienen poderes mágicos —añadió uno de los mascones—, aunque no sabemos muy bien cuáles son.

—¿Me servirán estos zapatos para regresar con mis tíos? —preguntó Dorotea—. Deben de estar muy preocupados por mí.

El hada negó con la cabeza.

—El reino de Oz está rodeado de desiertos que nadie ha conseguido cruzar —dijo—, así que tendrás que quedarte a vivir con nosotros. De todos modos, no te preocupes, porque Oz es un país estupendo. Aquí no te faltará de nada.

—Pero yo quiero volver a mi casa —gimió Dorotea.

Y se echó a llorar. Lloró tanto como si quisiera inundar el reino de Oz, hasta el punto de que los mascones, conmovidos, sacaron sus pañuelos y se unieron a su llanto.

—Calma, calma —dijo el hada—; seguro que podemos encontrar alguna solución. Tal vez mi sombrero pueda ayudarnos.

La viejecita se quitó el sombrero, se lo puso en la punta de la nariz y contó hasta tres con voz solemne. De repente, el sombrero se convirtió en una pizarra que decía:

QUE DOROTEA VAYA A
LA CIUDAD ESMERALDA

—¿Te llamas Dorotea, querida? —preguntó el hada.

—Sí —respondió la niña, secándose las lágrimas.

—Entonces debes ir a la Ciudad Esmeralda, donde vive Oz. Él quizá pueda ayudarte.

—¿Eso quiere decir que Oz es un hombre bueno?

—Es una pregunta difícil de responder —dijo el hada—. Sin duda, Oz es un mago bueno, pero no tengo ni idea de si es un hombre o no, porque nunca lo he visto.

—Y el camino hasta la Ciudad Esmeralda ¿es muy largo?

—Sí, porque está en el centro del país. Por el camino encontrarás algunos lugares que no te gustarán, pero quiero ayudarte, así que voy a besarte en la frente.

—¿Y de qué me servirá que me beses en la frente?

—De mucho. Nadie se atreverá a hacerle daño a una niña que ha recibido un beso del hada del norte.

Y la viejecilla se acercó a Dorotea y la besó con suavidad en la frente. Le dejó una marca redonda y colorada como una cereza.

—El camino hacia la Ciudad Esmeralda —dijo el hada al fin— está cubierto de baldosas amarillas. Síguelo y no te perderás. Cuando llegues allí, no tengas miedo: explícale tu historia al mago de Oz, y seguro que él te ayudará. Adiós, querida Dorotea, y que tengas mucha suerte.

Los pequeños mascones se despidieron de la niña con una profunda reverencia y, tras desearle un buen viaje, se perdieron poco a poco entre los árboles. Después el hada del norte hizo un gesto de despedida con la mano, giró tres veces sobre su talón izquierdo y desapareció sin más como un fantasma.

El espantapájaros

Antes de emprender su largo viaje, Dorotea miró con curiosidad los zapatos de plata de la bruja del este y decidió probárselos. «Son los más apropiados para ir a la Ciudad Esmeralda», pensó, «porque unos zapatos de plata no deben desgastarse así como así».

—¿Te gustan, Totó? —dijo después de calzárselos—. ¿Verdad que parece como si me los hubieran hecho a medida?

Poco después del mediodía, Dorotea metió en su cestita un poco de pan con mantequilla y algunas piezas de fruta. Luego cerró la puerta de su casa y se echó a andar con rumbo a la Ciudad Esmeralda. Mientras buscaba el camino de baldosas amarillas, la niña vio unas casitas de extraño aspecto que le llamaron la atención. Eran circulares y estaban pintadas de azul, el color favorito de los mascones. De una de ellas salió una mujer que le sonrió y le hizo una reverencia, y Dorotea comprendió que le estaba mostrando su agradecimiento por haber aniquilado a la bruja del este.

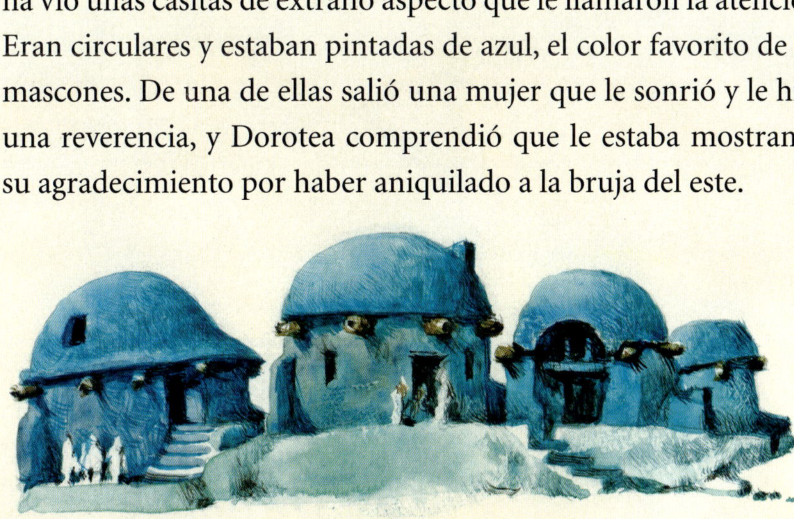

Al fin, la niña dio con el camino de baldosas amarillas, pero, tras recorrer varios kilómetros, se sintió fatigada, así que trepó a una cerca que se encontraba a un lado del camino y se sentó en ella a descansar y a comer un poco de fruta. Al otro lado de la valla había un trigal enorme que se extendía hasta el horizonte, y no muy lejos vio un espantapájaros colocado en lo alto de una estaca. Su cuerpo estaba formado por un traje descolorido y relleno de paja, su cabeza era un saquito pintado con unos ojos, una boca y una nariz, y en la cabeza llevaba un sombrero puntiagudo de color azul como los que usaban los mascones.

Mientras Dorotea lo observaba, el espantapájaros le guiñó un ojo. «No puede ser», se dijo la niña muy sorprendida, pues en Kansas los espantapájaros no guiñaban los ojos. Pero entonces aquella extraña figura dijo con voz ronca:

—Buenos días tenga usted, señorita.

Totó se echó a ladrar, y Dorotea se acercó al espantapájaros sin salir de su asombro.

—¿Eres tú el que habla? —le dijo.

—Por supuesto —contestó el espantapájaros—. Dime, ¿cómo estás?

—Muy bien, gracias. ¿Y tú?

—Muy bien, pero no muy bien.

—No te entiendo —replicó Dorotea—. ¿Cómo puedes estar muy bien y no muy bien al mismo tiempo?

—Es muy sencillo —respondió el espantapájaros—: en mi cabeza solo hay serrín.[1] Como no tengo cerebro, cambio de opinión a cada instante.

—¿Y cómo puedes hablar si no tienes cerebro?

—No lo sé, pero hay muchas personas sin cerebro que hablan día y noche, ¿no es cierto?

—Sí, creo que tienes razón —admitió Dorotea.

—De eso nada —suspiró el espantapájaros—. ¿Cómo voy a tener razón si me falta el cerebro? Supongo que por eso me aburro tanto: si pudiera leer algún libro, seguro que el tiempo se me pasaría volando. Como comprenderás, no es muy divertido estar todo el día colgado en el trigal intentando espantar a los cuervos.

—¿Y no puedes bajar?

1 **serrín**: polvo o trocitos pequeños de madera que se desprenden al serrar.

—No, estoy clavado a la estaca.

—Intentaré bajarte de ahí —dijo Dorotea mientras levantaba en vilo al espantapájaros—. ¡Pero si no pesas nada!

—Claro, porque soy de paja y no tengo cerebro.

Dorotea estaba algo confusa, pues se le hacía muy raro conversar con un hombre relleno de paja y verlo caminar a su lado.

—¿Quién eres y adónde vas? —preguntó el espantapájaros después de estirar los brazos y las piernas.

—Me llamo Dorotea y voy a la Ciudad Esmeralda para pedirle al gran mago Oz que me lleve de regreso a Kansas.

—¿La Ciudad Esmeralda? ¿Oz? ¿Kansas? ¿De qué me estás hablando?

—¡No me digas que no conoces al gran Oz! —exclamó Dorotea muy sorprendida.

—No —respondió el espantapájaros con tristeza—, pero ya te he dicho que no sé nada porque no tengo cerebro. Escúchame, Dorotea: ¿crees que si voy a la Ciudad Esmeralda ese mago tan poderoso podría darme un cerebro?

—No lo sé, pero ven conmigo si quieres. Al fin y al cabo, no tienes nada que perder. Si le pides el cerebro al mago y él no te lo da, te quedarás igual que estás.

—Es verdad —dijo el espantapájaros—. Verás, no me importa que mis brazos, mis piernas y mi cuerpo estén rellenos de paja, pero no quiero que la gente me tome por tonto.

—Yo no creo que seas tonto —afirmó Dorotea, muy convencida—. En realidad, eres el espantapájaros más inteligente que he conocido jamás.

—¡Eso lo dices para animarme! Aunque yo no sé nada, sí sé que si tuviera un cerebro podría aprender las cosas que no sé.

—Comprendo cómo te sientes —dijo Dorotea—, y me gustaría poder ayudarte. Si vienes conmigo, le pediré a Oz que haga por ti todo lo que pueda.

—Gracias —dijo el espantapájaros conmovido—. Te aseguro que seré un buen compañero de viaje. No voy a causarte ninguna molestia porque, como no tengo boca, no necesito alimentarme y, como no sé pensar, no querré mandar en nada.

Así pues, Dorotea y el espantapájaros se pusieron en marcha enseguida. Al principio, Totó se mostró desconfiado con su nuevo compañero de viaje, y lo olfateaba sin parar, como si sospechara que en su interior se ocultaba un nido de ratas.

—No te preocupes por Totó —dijo Dorotea—. No muerde.

—Oh, no me da ningún miedo —respondió el espantapájaros—. Un perro no puede hacerle daño a un hombre de paja como yo. Te diré un secreto: solo hay una cosa en el mundo que me asusta de verdad.

—¿Ah, sí? ¿Y cuál es? —preguntó Dorotea.

—Es el fuego —respondió el espantapájaros—. Pero te aseguro que sería capaz de hacer frente a la hoguera más grande del universo con tal de conseguir un cerebro.

El leñador de hojalata

Mientras caminaban hacia la Ciudad Esmeralda, el espantapájaros le confesó a Dorotea que, aunque lo habían fabricado hacía tan solo dos días, ya se sentía muy desgraciado.

—Los pájaros me toman el pelo y se comen la cosecha en mis narices —dijo—, pero ayer un viejo cuervo me reveló un secreto: «Si tuvieras cerebro», me dijo, «serías un hombre como cualquier otro. Lo único que vale la pena tener en este mundo es un poco de seso. Si no lo tienes, estás perdido». Por eso estoy decidido a conseguir un cerebro cueste lo que cueste. Si tuviera un poco de seso, lograría espantar a los pájaros, ¿no crees?

—Supongo que sí —dijo Dorotea—, aunque en Kansas te bastaría con ponerte a hablar para que los cuervos se murieran de miedo.

—Bueno, no estoy tan seguro, porque los granjeros que me fabricaron también pensaban que los pájaros saldrían volando solo con verme, y no ha sido así.

—¿Y cómo te fabricaron? —preguntó Dorotea con curiosidad.

—Un mascón me hizo la cabeza y, como lo primero que colocó en ella fueron las orejas, me enteré de todo lo que le decía a su compañera. «¿Qué te parecen estas orejas?», le preguntó. «¿No están algo torcidas?». «Sí», respondió ella, «pero ¿qué más da? Si solo es un espantapájaros... Asustará a los cuervos de todos modos».

Luego me pintaron el ojo derecho y el izquierdo, la nariz y la boca, aunque no dije nada porque ignoraba que podía hablar. Me divertí mucho viendo cómo me fabricaban el cuerpo, los brazos y las piernas. Además, me sentía muy feliz, pues estaba convencido de que yo iba a ser un hombre como los demás, y, sin embargo… Un momento. ¿Qué ha sido eso?

Un largo gemido acababa de salir del bosque.

—No tengo ni idea —dijo Dorotea—, vamos a echar un vistazo.

Se oyó otro gemido. El espantapájaros y Dorotea corrieron hacia el bosque, y lo que descubrieron les dejó muy asombrados. Vieron un gran árbol a medio cortar, y a su lado un hombre con un hacha en alto. Su cuerpo era de hojalata, y tenía la cabeza, los brazos y las piernas tan tiesas como si fuera un maniquí. Totó ladró con furia, corrió hacia el leñador y le dio un mordisco en una pierna, pero, como el hombre era de hojalata, el perro estuvo a punto de quedarse sin dientes.

—¿Eres tú el que se quejaba? —preguntó Dorotea.

—Sí —contestó el leñador—. Llevo un año quejándome sin parar, pero hasta ahora nadie me había hecho caso. Por favor, querida niña, ve a mi cabaña, que está aquí al lado. Entra y verás una mesa donde hay una aceitera. Tómala y engrásame las articulaciones. Las tengo tan oxidadas que no puedo ni moverme.

Dorotea corrió a la cabaña y regresó con la aceitera.

—¿Dónde quieres que te ponga el aceite? —preguntó.

—En el cuello, por favor —dijo el hombre de hojalata.

Dorotea obedeció al instante, pero el leñador tenía la cabeza tan oxidada que el espantapájaros tuvo que girársela varias veces con las manos antes de que el leñador la moviera por sí mismo.

—Ahora engrásame los párpados —le dijo a la niña—, y después las articulaciones de los brazos y de las piernas.

Gracias al aceite, el leñador comenzó a moverse con agilidad y pudo dejar el hacha en el suelo.

—Llevaba más de un año en esa postura —dijo con alivio.

—¿Y cómo te quedaste tan tieso? —preguntó el espantapájaros.

—Fue por culpa de la lluvia: me sorprendió una tarde mientras estaba talando ese roble. No sabéis cuánto os agradezco lo que habéis hecho por mí. Si no hubierais venido, me habría quedado así para siempre. Y vosotros, ¿qué estáis haciendo por aquí?

—Vamos de camino a la Ciudad Esmeralda para ver a Oz, el gran mago —contestó Dorotea.

—¿Y para qué queréis verlo?

—Yo voy a pedirle que me mande de vuelta a mi casa, que está en Kansas, y el espantapájaros quiere que le dé un cerebro.

El leñador de hojalata se quedó pensativo durante un instante y dijo al fin:

—¿Crees que Oz podría proporcionarme un corazón?

—Pero ¿es que no tienes corazón? —preguntó Dorotea.

—No —respondió el leñador con tristeza—. Si me golpeas en el pecho notarás que estoy hueco.

—¿Y cómo es que no te pusieron un corazón cuando te fabricaron?

—Veréis, hace mucho tiempo yo era un hombre de carne y hueso, como los demás. Había aprendido de mi padre el oficio de leñador y me ganaba la vida vendiendo la madera de los árboles que cortaba. Cuando mis padres murieron, conocí a una joven mascona que era bellísima y me enamoré perdidamente de ella. Durante unos años la amé con todo mi corazón, y decidí casarme con aquella hermosa muchacha en cuanto ahorrara lo suficiente para construirle una casa bonita y acogedora.

»Pero mi amada vivía con una vieja cascarrabias que la obligaba a coser, lavar y cocinar para ella. Era una mujer muy perezosa, así que cuando supo que me proponía casarme con su criada se disgustó mucho. Para evitar nuestro matrimonio, fue a ver a la malvada bruja del este. "Si impides que se casen", le dijo, "te regalaré dos ovejas y una vaca". La bruja del este se puso a trabajar enseguida y, mediante unas palabras mágicas, encantó mi hacha para acabar conmigo. Un día, mientras cortaba leña, el hacha resbaló y me cortó la pierna izquierda.

—¡Caramba! —dijo Dorotea—. Parece que la bruja del este no se anda con chiquitas.

—Desde luego que no —replicó el espantapájaros—. Pero eso me demuestra lo malo que es ser un hombre de carne y hueso. Si hubieras sido de paja como yo, el hacha no te habría hecho nada.

—Es verdad —respondió el leñador—, pero ¿qué fuerza tiene un hombre de paja? ¿Podrías tú levantar un hacha?

—Bueno, imagino que si tuviera cerebro me resultaría bastante fácil hacerlo.

—¿Y qué tiene que ver la fuerza con la inteligencia? —exclamó el hombre de hojalata—. Ya veo que no andas muy sobrado de sesos. En fin, volviendo a mi historia: al principio, perder la pierna me pareció una horrible desgracia, pues yo sabía que un cojo no puede cortar leña, pero le pedí a un hojalatero que me fabricase una pierna de hojalata y así pude volver al trabajo. Entonces la bruja del este se enfadó muchísimo, e hizo que el hacha resbalara de nuevo y me cortara la pierna derecha, y más tarde la cabeza…

—¡Qué horror! —exclamó Dorotea.

—Al final —prosiguió el leñador—, el hacha me partió el pecho por la mitad. Afortunadamente, el hojalatero fue reemplazan-

do cada uno de los miembros dañados por otro de hojalata, y me juntó los brazos, las piernas y la cabeza por medio de estas articulaciones, de manera que podía moverme tan bien como antes. Pero había pasado algo terrible…

—¿Qué? —preguntó Dorotea con interés.

—Como había perdido mi corazón —dijo el hombre de hojalata—, ya no sentía nada por la joven mascona a la que tanto había querido, y ahora me da igual casarme con ella que seguir soltero. Mientras estaba enamorado fui el hombre más feliz del mundo; ahora, en cambio, me siento el más desdichado. Aunque me gustaría seguir amándola, no puedo hacerlo, porque carezco de corazón. Por eso me gustaría acompañaros y pedirle a Oz que me dé uno. Si me concede este deseo, volveré con la joven mascona de la que os he hablado y me casaré con ella.

—No te preocupes —dijo Dorotea—, nosotros te ayudaremos a conseguir un corazón. Seguro que al mago de Oz no le costará nada proporcionarte uno.

—Entonces, ¿me dejáis ir con vosotros?

—Por supuesto —respondió Dorotea.

—Será un placer contar con tu compañía —añadió el espantapájaros.

Así que el leñador se cargó el hacha al hombro y los tres amigos volvieron al camino de baldosas amarillas. De pronto, el espantapájaros lanzó un suspiro:

—¡Un corazón! —dijo—. Tal vez a mí también me haría falta uno. A lo mejor debería pedirle al mago de Oz un corazón en lugar de un cerebro.

—Harás bien —respondió el leñador—, porque un hombre sin corazón no tiene sentimientos, y un hombre sin sentimientos es como una piedra.

—Puede ser —respondió el espantapájaros—, pero ¿de qué le sirve un corazón a un hombre tonto?

—El corazón da la felicidad —replicó el leñador.

—¿Y el cerebro no?

—No lo sé —dijo al fin el hombre de hojalata—. Pero sí sé que la felicidad es lo mejor del mundo, y que yo solo seré feliz cuando dentro de mi pecho vuelva a latir un corazón.

El leñador guardó silencio y los tres compañeros reemprendieron la marcha. Dorotea no dijo nada, pues estaba hecha un lío: ¿era mejor tener un corazón o un cerebro? ¿Y por qué no los dos? ¿Quién tendría razón, el espantapájaros o el hombre de hojalata?

El león cobarde

A la caída de la tarde, Dorotea y sus amigos se adentraron en un bosque espeso y lúgubre.[1] El camino seguía pavimentado de relucientes baldosas amarillas, pero ahora estaba cubierto de las ramas secas y las hojas muertas que se habían desprendido de los árboles. Ya no se oía el canto de los pájaros, y de vez en cuando surgía de la espesura el gruñido de una fiera salvaje.

—Este bosque tan oscuro me da un poco de miedo —susurró Dorotea.

—A mí también —confesó el leñador—. He oído decir que entre sus árboles se esconden tigres, leones y panteras.

—¿Cuánto crees que tardaremos en llegar a la Ciudad Esmeralda? —le preguntó Dorotea al hombre de hojalata.

—No lo sé, porque nunca he estado en ella —contestó el leñador en voz baja—. Mi padre fue allí una vez, hace muchos años, cuando yo era tan solo un niño. A su regreso me explicó que tuvo que atravesar algunas regiones muy peligrosas para llegar a la ciudad, pero también me aseguró que su largo viaje había merecido la pena.

—Aunque yo no sé nada —dijo el espantapájaros—, estoy seguro de que no debemos tener miedo.

---

1 **espeso**: que tiene muchos árboles; **lúgubre**: triste por ser muy oscuro.

Sin embargo, apenas hubo acabado de hablar, una sombra salió de entre los árboles y se plantó en medio del camino. Era un león enorme y con cara de pocos amigos que rugía con una fuerza aterradora.

—¿Qué quieres de nosotros? —preguntó el espantapájaros.

El león levantó las patas delanteras y, de un zarpazo, tumbó al hombre de paja y lo hizo rodar por los suelos.

—¿Estáis asustados, eh? ¿A que tenéis miedo? —dijo con arrogancia—.[2] Podría acabar con vosotros con los ojos vendados.

—Yo no te tengo ningún miedo —respondió con firmeza el leñador, empuñando su hacha.

Al león no le gustó nada que el hombre de hojalata le plantara cara, así que se lanzó sobre él para darle un buen escarmiento. Y lo cierto es que apenas tardó un instante en derribar al leñador en medio del camino.

—¡Vamos, lucha, montón de hojalata! —rugió, sacudiendo su hermosa melena—. ¡Eres el miedoso más miedoso que he conocido en toda mi vida!

—¡No lo insultes! —gritó el espantapájaros, mientras se levantaba del suelo.

Entonces Totó se puso a ladrar, y el león miró al perrillo con desdén.[3]

—¿Así que tú también te las das de valiente, chucho miserable? ¡Pues ahora verás lo que es bueno!

El león abrió las fauces[4] de par en par como si fuera a comerse a Totó. Pero Dorotea no estaba dispuesta a tolerar que le hicieran

---

2 **arrogancia:** actitud de quien se cree superior a los demás.

3 **desdén:** desprecio.

4 **fauces:** parte interior de la boca de los animales salvajes.

daño a su perrito, de modo que se armó de valor y le atizó al león un manotazo en pleno morro.

—¡No te atrevas a morder a Totó! —dijo la niña—. ¡Debería darte vergüenza...! ¡Una bestia tan grande como tú intentando morder a un perrito indefenso...!

—No le he mordido —se defendió el león al tiempo que se frotaba el hocico con disgusto.

—Pero lo has intentado —replicó la niña—. ¡Eres un grandísimo cobarde!

De repente, el león se echó a llorar a moco tendido.

—No me llames cobarde, por favor —dijo entre sollozos—. Tienes razón, soy un cobarde, pero no me gusta nada que me lo recuerden.

—¿Y por eso te dedicas a amenazar a quienes son más débiles que tú? —le reprendió[5] Dorotea.

—La verdad es que nunca he tenido valor —confesó el león mientras las lágrimas le resbalaban por las peludas mejillas y los largos bigotes—. Hasta me doy miedo a mí mismo... Hace tres días que no duermo pensando en que alguien puede asaltarme en plena noche.

—¿Y por qué no cuentas ovejas? —propuso el hombre de hojalata—. Eso te ayudará a dormir.

—No puedo —replicó el león—. Las ovejas me dan miedo.

—Bueno, bueno, deja ya de llorar —dijo Dorotea—. Seguro que hay algún motivo para que seas tan miedoso.

—Nací así —contestó el pobre león a la vez que se secaba las lágrimas con la punta de la cola—. Todos los animales del bosque

---

5 **le reprendió**: le echó la bronca, le recriminó su actitud.

esperan que sea valiente, porque piensan que el león es el rey de la selva. Cuando rujo fuerte se mueren de miedo y se apartan de mi camino, pero si los elefantes, los tigres o los osos intentaran pelear conmigo alguna vez, os aseguro que saldría corriendo. ¡Soy tan cobarde…!

—Pero eso no está nada bien —dijo el espantapájaros mientras se rellenaba la barriga con el puñado de paja que se le había salido a causa de los golpes—. El rey de los animales no debería ser un miedoso.

—Seguro que Oz puede darte el valor que necesitas —dijo al fin Dorotea—. El hada del norte me dijo que es un gran mago, y vamos a verle para que nos ayude. ¿Por qué no nos acompañas?

—¿No os da vergüenza que alguien pueda veros en compañía de un león tan cobarde como yo?

—Nada de eso —respondió Dorotea—. Seguro que nos serás de gran ayuda. Si nos acompañas, los animales salvajes no se atreverán a acercarse a nosotros.

—Sois muy amables —dijo el león—. Y sí, lo he decidido: iré con vosotros, porque la vida sin valor me resulta insoportable.

Como se había hecho muy tarde, Dorotea propuso a sus compañeros que buscaran un lugar en el que pasar la noche. Aunque el espantapájaros y el leñador no necesitaban dormir, puesto que uno era de paja y el otro de hojalata, ambos accedieron de buen grado a descansar unas horas. El león encontró un claro[6] libre de fieras y de alimañas,[7] y Dorotea se sentó en un pequeño banco de piedra para comer un poco de pan con mantequilla.

—Toma, Totó —dijo mientras le daba un pedazo de pan al perro—. Tienes que estar hambriento.

La niña se sentía tan cansada que, después de saciar su apetito, cayó profundamente dormida y soñó que regresaba a Kansas con su tío Enrique y su tía Emma.

6 **claro**: zona del bosque en la que no hay árboles.

7 **alimañas**: animales salvajes y peligrosos.

El campo de amapolas venenosas

Al día siguiente, en cuanto salió el sol, Dorotea se levantó, se lavó la cara con el agua de un riachuelo que corría junto al claro y comió un puñado de nueces para cobrar fuerzas. Poco después, la niña, Totó, el espantapájaros y el leñador de hojalata reanudaron su largo viaje hacia la Ciudad Esmeralda en compañía del león.

Aquel día el viaje fue especialmente duro, y los cuatro amigos se vieron obligados a sortear numerosos obstáculos.[1] Después de mucho caminar, la senda quedó interrumpida por una enorme quebrada,[2] y los viajeros estuvieron a punto de perder todas sus esperanzas.

—¿Qué vamos a hacer? —preguntó Dorotea con preocupación.

—Ni idea —respondió el espantapájaros—, aunque ya sabes que yo no sé nada.

—Como no podemos volar ni descender al fondo de la quebrada —argumentó el leñador—, la única solución que nos queda es saltar. Pero ¿quién puede dar un salto como ese?

—Yo podría hacerlo —respondió el león con modestia—, pero me da un miedo terrible.

—Vamos, inténtalo —dijeron sus compañeros de viaje.

---

1 **sortear obstáculos:** esquivar o superar dificultades.

2 **senda:** camino; **quebrada:** barranco.

Tras dudarlo mucho, el león se decidió a saltar, de modo que Dorotea y Totó se subieron a su lomo y se agarraron de la melena.

El león tomó carrerilla y de repente se paró en seco:

—No, no puedo hacerlo… —gimió el león angustiado.

—¡Vamos, seguro que lo consigues! —le animaron todos.

El león permaneció indeciso durante un buen rato, pero finalmente dio un salto descomunal que le hizo volar por los aires, y aterrizó sin problemas al otro lado de la quebrada.

—¡Lo conseguiste! —gritó Dorotea todos mientras saltaba al suelo.

Envalentonado, el león volvió para trasladar en su lomo al resto de sus amigos.

En aquel lado, el bosque era mucho más ameno.[3] Los pájaros volvían a cantar y los frutos crecían en los árboles junto a la orilla del río. Cuando dejaron atrás la espesura, Dorotea vio a lo lejos la silueta[4] de una ciudad espléndida que desprendía un intenso resplandor verde.

—¡Mirad! —exclamó la niña—. ¡Tiene que ser la Ciudad Esmeralda! ¡Ya casi hemos llegado!

El espantapájaros, el leñador y el león miraron al horizonte y se pusieron a brincar de puro contento.

—Aprisa, ¿a qué esperáis? —dijo Dorotea.

Los viajeros echaron a correr por el campo. A sus pies se extendía un reino de belleza incomparable. La hierba era más verde que en ningún otro lugar y las flores alfombraban la tierra con sus brillantes colores. Entre ellas abundaban las amapolas, cuyo rojo vivísimo deslumbró a Dorotea. La niña no se pudo resistir a la her-

3 **ameno**: plancentero, agradable.

4 **silueta**: contorno, figura.

mosura de aquellas flores, así que se detuvo a aspirar el perfume de una de ellas.

—Son preciosas, ¿verdad? —dijo.

—Supongo que sí —respondió el espantapájaros—, pero las apreciaría mejor si tuviera un cerebro.

—Y a mí me gustarían más si consiguiera un corazón —intervino el hombre de hojalata.

—Yo adoro las flores, pero me da miedo tocarlas, porque a veces están llenas de abejas —confesó el león.

Cuanto más se adentraban en el campo, más amapolas encontraban, y cada vez eran más grandes y coloradas. En un campo de amapolas el olor es tan intenso, que todo el que lo aspira se queda dormido, y puede caer en un sueño eterno[5] si no se aleja a tiempo de ellas. Por ello, aunque Dorotea no sabía nada sobre el poder de las amapolas, de repente se dio cuenta de que los párpados le pesaban cada vez más. La niña se sentía tan fatigada, que al final decidió tumbarse a descansar entre las flores.

—No sé qué me ocurre —dijo—, pero estoy muerta de sueño.

—Dorotea —le advirtió el hombre de hojalata—, no puedes echarte a dormir ahora.

—Despierta, Dorotea —le rogó el espantapájaros.

Sin embargo, la niña no respondía, porque se había quedado profundamente dormida.

—La comprendo muy bien —confesó el león entre dos bostezos—. Creo que yo también voy a echarme una siestecita.

5 **eterno**: que dura para siempre.

Al ver aquello, el espantapájaros dijo todo enfadado:

—Pero bueno, ¿es que os habéis vuelto locos? Estamos a punto de llegar a la Ciudad Esmeralda y no se os ocurre otra cosa que echaros a dormir.

—¡Mira eso! —exclamó el hombre de hojalata, cada vez más alarmado—. ¡Totó también se ha dormido! ¡Debe de ser el olor de las flores! Claro, como nosotros no somos de carne y hueso, el veneno de las amapolas no nos afecta.

—¡Tenemos que hacer algo! —gritó el espantapájaros—. ¡Si los dejamos aquí se morirán!

De repente oyeron un sordo gruñido y, al volver la cabeza para ver qué ocurría, vieron venir hacia ellos un extraño animal dando saltos por encima de la hierba y las flores. Era un gran gato montés amarillo que mostraba amenazadoramente una doble hilera de afilados dientes. Cuando se acercó hacia ellos, con los ojos brillando como bolas de fuego, el hombre de hojalata vio que el fiero animal estaba persiguiendo a un ratoncillo de campo. El leñador, a pesar de que carecía de corazón, pensó que un animal tan grande no tenía ningún derecho a perseguir a una criatura tan pequeña e inofensiva, de modo que levantó el hacha y le cortó la cabeza al gato montés.

Al ver que el gato ya no lo perseguía, el ratón campestre se detuvo en seco, se acercó al hombre de hojalata y le dijo:

—¡Oh, muchísimas gracias por salvarme la vida!

—No tiene importancia —respondió el leñador—. Pese a que no tengo corazón, intento ayudar a cualquiera que necesita un amigo, aunque solo sea un ratón.

—¿Solo un ratón? —exclamó el pequeño animal, enfadado—. Has de saber que yo soy la reina de todos los ratones campestres.

—Perdonadme, Majestad —dijo el leñador, algo avergonzado, haciendo una reverencia.

En aquel momento llegaron corriendo multitud de ratones.

—¡Majestad —exclamaron todos a la vez—, pensábamos que ya no os volveríamos a ver! ¿Cómo os habéis librado de las garras de ese gato tan horrible?

—Este valiente hombre de hojalata —contestó la reina— me ha salvado la vida, así que, de ahora en adelante, le habréis de servir y obedecer —y, dirigiéndose al leñador, añadió—: ¿Hay algo que podamos hacer por vosotros?

—Ahora mismo no se me ocurre nada —contestó el hombre de hojalata.

Sin embargo, el espantapájaros, que estaba estrujándose la cabeza rellena de paja, dio un salto y exclamó:

—¿Cómo que no se te ocurre nada? Majestad —continuó, dirigiéndose a la reina—, el hombre de hojalata y yo viajamos en compañía de unos amigos que se han quedado dormidos en el campo de amapolas. Son tres: Dorotea, su perro Totó y un león. Os ruego que nos ayudéis a salvarlos.

—No hay tiempo que perder —dijo la reina de los ratones—. Encargaos vosotros de Dorotea y del perro —les dijo al leñador y al espantapájaros—. Alejadlos del campo de amapolas y el efecto del veneno se les pasará enseguida. Nosotros nos ocuparemos del león.

El espantapájaros y el leñador obedecieron sin rechistar. Tomaron a Dorotea y a Totó en brazos, y caminaron durante un buen rato. Al fin los dejaron tendidos junto a la orilla del río, en un lugar muy agradable y lo bastante alejado del campo de amapolas como para que ni la niña ni su perrito volvieran a respirar el aroma envenenado de las flores.

—No te preocupes —le dijo el hombre de hojalata al espantapájaros con una convicción[6] que resultaba muy tranquilizadora—, porque la brisa[7] los reanimará. Dentro de un rato se habrán despertado.

Después, los dos amigos regresaron junto al león y se quedaron de una pieza al ver cómo decenas y decenas de ratoncillos abrían un claro entre las amapolas y acarreaban[8] hasta allí montones de maderas, clavos y herramientas mientras entonaban una alegre canción de trabajo.

—Pero ¿qué estáis haciendo? —preguntó el espantapájaros con los ojos llenos de asombro.

—Estamos construyendo un carro, ¿o es que no lo veis? —refunfuñó la reina de los ratones campestres—. Si nos ayudáis, podremos sacar al león del campo de amapolas más rápidamente. ¿Por qué no cortas un poco más de leña? —añadió, dirigiéndose al hombre de hojalata.

No podía negarse que los ratoncillos trabajaban con una velocidad y una eficacia prodigiosas,[9] pero el hombre de hojalata comprendió que él podía cortar leña y llevarla hasta el claro con mucha más facilidad, de modo que se puso manos a la obra sin dudarlo un instante. Fue al bosque, cortó la leña que faltaba y la llevó al claro que habían abierto los ratoncillos. Luego, los ayudó a construir un carro lo suficientemente grande como para transportar a tres o cuatro personas.

---

6 **convicción**: seguridad.

7 **brisa**: viento muy ligero y agradable.

8 **acarreaban**: transportaban.

9 **eficacia**: lo que demuestran quienes hacen las cosas bien en poco tiempo; **prodigiosas**: asombrosas, maravillosas.

El espantapájaros, por su parte, comenzó a amarrar a los ratones al carro con unas cuerdas muy finas que habían traído los animalillos. Cuando hubo concluido su tarea, los ratones pudieron tirar del carro con facilidad.

—¿A qué esperáis? —les gritó la reina de los ratones campestres al leñador y al espantapájaros—. ¡Subid al carro, deprisa, y ayudad a mis súbditos[10] a cargar con el león!

Los dos amigos obedecieron a la reina. En el mismo instante en que el carro salía del campo de amapolas, Dorotea y Totó despertaron de su profundo sueño.

—¿Dónde estamos, Totó? —preguntó la niña, mientras se desperezaba—. Lo último que recuerdo es que me quedé dormida en el campo de amapolas, pero no entiendo cómo hemos venido a parar aquí. Vamos a buscar a los otros.

Dorotea y Totó regresaron al campo de amapolas, pero mientras se acercaban a él vieron salir un carro arrastrado por decenas de ratoncillos. Detrás iban el espantapájaros y el hombre de hojalata, y encima el león, con cara de haberse echado una buena siesta.

—¡Llevad el carro a la pradera! —gritaba la reina—. Así el león podrá respirar aire fresco y puro.

Al ver a Dorotea, el leñador, conmovido porque todos sus amigos estaban sanos y salvos, sintió ganas de llorar, pero se contuvo, pues sabía que las lágrimas podían oxidarle su cara de hojalata. Mientras tanto, la reina de los ratones campestres le explicó a Dorotea todo lo que había sucedido.

—Majestad —le dijo la niña—, no sabéis cuánto os agradecemos que nos hayáis salvado la vida.

---

10 **súbditos:** vasallos, personas que están bajo el gobierno de un rey.

—Si alguna vez nos necesitáis de nuevo —contestó la reina de los ratones con satisfacción—, no tenéis más que salir al campo y llamarnos. Acudiremos gustosamente en vuestro auxilio. Y ahora ha llegado el momento de despedirnos. Deseo de todo corazón que vuestros sueños se hagan realidad.

Y, sin decir nada más, la reina ordenó a los ratones que formaran, se colocó a la cabeza de su tropa y se perdió entre la hierba con un gesto de orgullo.

A las puertas de la Ciudad Esmeralda

Tras despedirse de la reina y de sus súbditos, los viajeros regresaron al camino de baldosas amarillas, que en aquella zona estaba bordeado de hermosas casitas pintadas de verde. A sus puertas vieron granjeros vestidos de verde y mujeres que llevaban sombreros verdes. Los granjeros estaban deseosos de acercarse a ellos y hacerles preguntas, pero se contenían por temor al león.

—Este debe de ser el País de Oz —dijo Dorotea—. Si no me equivoco, estamos muy cerca de la Ciudad Esmeralda.

—Sí —intervino el espantapájaros—, porque todo es de color verde. Pero me parece que aquí la gente no es tan amable como en el País de los Mascones.

—¿Por qué no nos acercamos a esa granja? —propuso el hombre de hojalata—. Tal vez sus habitantes puedan decirnos cuánto nos falta para llegar a la ciudad.

Los viajeros se acercaron a la granja y subieron las pequeñas escaleras que había en la entrada. Antes de que Dorotea pudiera llamar al timbre, la puerta se entreabrió y por ella se asomó una mascona que llevaba un sombrero verde y puntiagudo.

—¿Quién eres, chiquilla? —dijo con desconfianza—. ¿Y por qué vas con ese león tan grande?

—Me llamo Dorotea —respondió la niña—, y estos son mis amigos. No temas al león, porque es inofensivo. Seguro que él tiene más miedo de ti que tú de él.

La mujer del sombrero verde miró al león de arriba abajo, con un gesto pensativo en el rostro.

—Bueno, me fiaré de ti —dijo al fin, con un suspiro—. Dime, ¿en qué puedo ayudaros?

—Nos dirigimos a la Ciudad Esmeralda —le explicó Dorotea—, y nos gustaría saber si falta mucho para llegar.

—Estáis muy cerca, a menos de una hora de camino. Pero ¿qué se os ha perdido en la Ciudad Esmeralda?

—Queremos ver al gran mago de Oz —contestó el hombre de hojalata.

—¿Y estáis seguros de que el mago querrá veros a vosotros? —replicó la granjera.

—¿Por qué no va a querer vernos? —preguntó Dorotea.

—Porque dicen que nunca recibe a nadie. He estado varias veces en la Ciudad Esmeralda y es un lugar maravilloso, pero jamás se me ha permitido ver al gran Oz, ni he oído hablar de alguien que lo haya visto.

—¿Es que no sale nunca de su casa? —preguntó el espantapájaros.

—Nunca —respondió la mujer del sombrero verde—. Se pasa los días sentado en su trono y ni siquiera los que lo atienden pueden verle la cara.

—¿Y qué aspecto tiene? —preguntó el hombre de hojalata con curiosidad.

—Es difícil decirlo —respondió la granjera—. Como es un gran mago, Oz puede adoptar la forma que desee. Por eso unos dicen que parece un pájaro, otros aseguran que parece un elefante y otros afirman que se asemeja a un gato. También hay quien lo describe como a un duende juguetón, y otros lo comparan con una hermosa hada. Pero nadie sabe cómo es el verdadero Oz cuando se encuentra en su verdadera forma.

—En cualquier caso —dijo Dorotea—, debemos tratar de verlo, pues de lo contrario habremos hecho nuestro viaje en balde.[1] Te agradecemos mucho que nos hayas atendido —añadió la niña con cortesía.[2]

Los viajeros se despidieron de la mujer del sombrero verde y volvieron al camino de baldosas amarillas. Apenas un instante después, Dorotea descubrió que había un hermoso resplandor verde en el cielo y que, a medida que avanzaban, se hacía más y más brillante.

—¿Lo veis? —les dijo a sus compañeros, dando saltos de alegría—. ¡Estamos ya muy cerca!

Al atardecer, los viajeros vieron por fin la Ciudad Esmeralda, que estaba rodeada por una formidable[3] muralla de color verde. En unos minutos, Dorotea y sus compañeros habían recorrido el último trecho del camino de baldosas amarillas, y se encontraron con una gran puerta tachonada[4] de esmeraldas que brillaba con una fuerza deslumbrante. Totó se puso a ladrar de puro contento, mientras Dorotea buscaba un timbre al que llamar.

Por fin, la niña descubrió una pequeña campanilla junto a la puerta y tiró de ella. Al cabo de un rato, un hombrecillo les abrió

---

1 **en balde**: sin que sirva de nada, inútilmente.

2 **con cortesía**: con educación y respeto.

3 **formidable**: que, a causa de su grandeza, causa respeto o temor.

4 **tachonada**: llena o salpicada de algo.

la puerta. Tenía la cara del color de las acelgas e iba vestido por completo de verde.

—Soy el guardián de las puertas —dijo—. ¿En qué puedo serviros?

—Queremos ver al mago —respondió Dorotea.

—¿Al mago? —exclamó el centinela[5] lleno de asombro.

—Sí —contestó el espantapájaros—. Queremos pedirle varias cosas.

—Nadie puede ver al gran Oz —explicó el guardián—. Ni siquiera yo lo he visto nunca.

—Entonces, ¿cómo sabéis que existe? —preguntó Dorotea.

—Porque lo sabemos y ya está —dijo el guardián con impaciencia—. Marchaos y no me hagáis perder el tiempo.

—Por favor, os lo suplico, señor —rogó Dorotea—: necesito ver al mago. El hada del norte me dijo que él es el único que puede ayudarme.

—¿De veras has hablado con el hada del norte? —dijo el guardián, muy sorprendido—. Eso cambia mucho las cosas; pero ¿cómo sé que no me estás engañando?

—Fíjate en sus pies —contestó el espantapájaros—. Lleva los zapatos de plata de la bruja del este.

—¿Así que eres tú quien la ha matado? —preguntó el guardián.

—En realidad murió cuando la casa del tío Enrique le cayó encima, pero…

—¡Haber empezado por ahí! —exclamó el guardián con admiración a la vez que abría la enorme puerta de par en par—. ¡Sé muy bienvenida!

---

5 **centinela**: guardián, soldado encargado de vigilar algo.

Al otro lado de la puerta había un cuarto adornado de esmeraldas con una pequeña caja en el centro. El guardián la abrió con una llave al tiempo que decía:

—Debéis saber que Oz no tiene piedad[6] con quienes se le acercan por mera curiosidad ni con quienes lo molestan con encargos estúpidos.

—Pero nosotros queremos pedirle cosas muy importantes —replicó el leñador—. Y además nos han dicho que Oz es un mago bueno.

—Desde luego que lo es —respondió el guardián—. El mago gobierna la Ciudad Esmeralda con mucha sabiduría y prudencia,[7] aunque a decir verdad son pocos los que se atreven a mirarle a la cara.

Cuando el guardián levantó la tapa de la caja, Dorotea y sus amigos comprobaron que estaba llena de gafas de todas las formas y tamaños, si bien todas ellas tenían los cristales verdes. El guardián le entregó unas a cada uno de los viajeros, y eligió las más pequeñitas para Totó.

—Debéis ponéroslas —ordenó.

—¿Por qué? —preguntó Dorotea.

—Porque, de lo contrario, el resplandor de la Ciudad Esmeralda os dejaría ciegos. Aquí todo el mundo lleva gafas día y noche, y yo soy el encargado de guardarlas bajo llave y de repartirlas entre quienes las necesitan.

Las gafas se sujetaban con dos correas de oro que se ceñían en la nuca y tenían una cerradura. El guardián las cerró con una llavecita que llevaba colgada de su cuello.

---

6 **piedad**: compasión.

7 **prudencia**: cualidad de quien piensa mucha las cosas y actúa con cuidado.

—Es la única forma de asegurarse de que nadie se quitará las gafas —explicó—. Así todos estamos protegidos.

Al final, el propio guardián tomó unas gafas de la caja y se las puso, y, tras sacarse del bolsillo una gran llave de oro, abrió la puerta que daba paso a la Ciudad Esmeralda y gritó con alegría:

—¡Todos a palacio!

Las maravillas de la Ciudad Esmeralda

En la Ciudad Esmeralda, todas las casas eran muy hermosas y la gente parecía feliz. Las calles brillaban con tal intensidad que Dorotea y sus amigos quedaron deslumbrados a pesar de las gafas de cristales verdes que les protegían los ojos. Había esmeraldas incrustadas en el suelo y en las fachadas de los edificios, y todo era de color verde, desde las losas de las calles hasta las nubes y los rayos del sol. Las palomitas de maíz eran verdes, las golosinas eran verdes y, cuando los niños iban a comprarlas, pagaban con monedas verdes. Todo el mundo, en fin, tenía allí la piel verde y vestía de verde de la cabeza a los pies.

Al paso de los viajeros, los niños corrían a esconderse tras las faldas de sus madres por temor al león, y los mayores se miraban con ojos de asombro.

—¿Habéis visto a ese? —decían señalando al leñador—. ¡Es un hombre de hojalata!

—¡Cada día se ven cosas más raras! —se quejaba una mujer que llevaba un pollo verde en su cesta de la compra verde.

El guardián condujo a los viajeros hasta un gran edificio situado en el centro de la ciudad. Era el palacio de Oz, a cuya puerta montaba guardia un soldado que tenía unos larguísimos bigotes.

—Estos extranjeros desean ver al gran mago —le explicó el guardián de las puertas.

—Adelante —dijo el soldado—, os anunciaré de inmediato.

Los viajeros no cabían en sí de gozo.

—¡El mago va a recibirnos! —exclamó el hombre de hojalata—. ¡Ya casi siento latir mi corazón!

—¡Por fin voy a tener un cerebro! —suspiró el espantapájaros.

—¡A lo mejor llegaré a casa a tiempo para cenar! —dijo Dorotea con entusiasmo.

—De ahora en adelante seré arrojado[1] como un soldado y valiente como un teniente —proclamó el león.

Cuando el soldado de los bigotes regresó, Dorotea le preguntó si había visto al gran mago.

—Pues claro que no —respondió el soldado—, nunca lo he visto. Estaba sentado detrás de un biombo[2] cuando le he dado vuestro recado. Me ha dicho que os recibirá, pero con la condición de que os presentéis ante él de uno en uno y en días distintos.

—No nos parece mal —dijo Dorotea en nombre de sus compañeros—. Pero ¿dónde nos alojaremos mientras tanto?

—Os alojaréis aquí mismo, en el palacio. Supongo que, antes de ir a vuestras habitaciones, os apetecerá asearos un poco.

Los viajeros respondieron que sí, de modo que el soldado los condujo a un salón brillante como el oro donde los esperaba una hilera de criados vestidos con elegantes uniformes.

—Están a vuestro servicio para peinaros y vestiros como más os guste —explicó el soldado de los bigotes verdes.

---

1 **arrojado:** valiente.

2 **biombo:** objeto formado por dos o más tablas grandes que sirve para separar dos partes de una habitación.

Los viajeros quedaron encantados con la hospitalidad del gran Oz, y los criados se pusieron de inmediato a asear y embellecer a los cuatro amigos. A Dorotea le desenredaron el cabello y le rehicieron las trenzas; al león le rizaron la melena con unos rulos enormes; al hombre de hojalata le sacaron brillo hasta que resplandeció como las esmeraldas repartidas por la ciudad, y al espantapájaros volvieron a colocarle cada brizna de paja en su sitio exacto dándole golpecitos aquí y allá.

Después, el soldado sopló un silbato y al instante entró en el salón una bella jovencita que tenía los ojos y el cabello del color del mar. La muchacha se inclinó ante Dorotea y le dijo:

—Sígueme y te mostraré tu habitación.

La niña se despidió de sus tres amigos y siguió a la joven por un pasillo inacabable y unas hermosas escaleras de caracol hasta una luminosa habitación que daba a la fachada del palacio. Era un cuarto pequeño, pero muy acogedor, en el que había una blanda cama cubierta con una colcha de terciopelo verde, una fuentecilla de mármol verde, flores verdes en las ventanas y un armario lleno de vestidos verdes de seda y terciopelo.

—Todos son de tu talla —dijo la joven.

—¡Son preciosos! —exclamó Dorotea.

—Confío en que te sientas como en casa. Si deseas algo, haz sonar la campanilla. Oz mandará a buscarte mañana por la mañana.

Los amigos de Dorotea no recibieron menos atenciones. Los criados alojaron al espantapájaros en un cuarto espléndido con una cama muy ancha, sin darse cuenta de que el pobre no podía dormir. Por su parte, el leñador permaneció despierto hasta el amanecer moviendo sus articulaciones para mantenerlas en forma. Solo el león durmió a pierna suelta durante toda la noche.

A la mañana siguiente, la joven que tenía los ojos y el cabello del color del mar fue a buscar a Dorotea y le anunció que debía arreglarse para visitar al mago, así que la niña se puso el vestido más hermoso del armario, se ató un gracioso delantal de seda verde y le puso a Totó un lazo del mismo color. Luego se dirigió a una salita donde había un grupo de damas y caballeros vestidos de gala que, cada mañana, se reunían a las puertas del salón del trono con la esperanza de ver al mago de Oz. Sin embargo, Oz jamás los recibía, por lo que se quedaron mirando con sorpresa y algo de envidia a Dorotea y a su perrito.

—¿De veras vas a verle la cara al mago? —susurró un caballero.

—Claro que sí —respondió la niña—, si es que Oz acepta recibirme.

—Por supuesto que te recibirá —intervino el soldado de los bigotes verdes—. Lo que pasa es que a Oz no le gusta que la gente pida verle. Cuando le dije que deseabas hablar con él frunció el ceño[3] y se puso hecho una furia. «¡Que se vuelva por donde ha venido!», me dijo. Pero luego me preguntó cómo eras y, cuando le hablé de tus zapatos de plata y de la marca que llevas en la frente, tomó la determinación de recibirte.

Justo entonces sonó una campanilla colocada sobre la puerta del salón del trono.

—Es la señal, Dorotea —dijo la joven verde—. Tienes que entrar tú sola a ver a Oz.

---

3 **frunció el ceño**: arrugó la frente en señal de enfado.

Dorotea conoce al mago

Dorotea abrió una puertecita y entró en el salón del trono. Era una habitación amplia y redonda, con las paredes cubiertas de esmeraldas y una majestuosa cúpula[1] por techo. La niña se llevó una sorpresa descomunal al descubrir que sobre el trono descansaba una cabeza enorme que no se hallaba unida a cuerpo alguno, era completamente calva y tenía unos ojos y una boca de gigante.

—Yo soy Oz —dijo la cabeza con una voz atronadora—, el más poderoso de todos los magos. ¿Quién eres tú y para qué has venido a verme?

—Soy la insignificante Dorotea, y he venido para pedirte ayuda.

—Dime, ¿de dónde has sacado esos zapatos de plata?

—Se los cogí a la bruja malvada del este cuando mi casa le cayó encima y la mató —contestó Dorotea con humildad.

—¿Y cómo has conseguido la señal que llevas en la frente?

—Es la marca del beso que me dio el hada del norte.

—Pero dime, ¿qué es lo que quieres de mí?

—Que me devuelvas a Kansas junto a mis tíos. Hace mucho que no me ven y seguro que estarán preocupados.

Los ojos de Oz pestañearon tres veces y dieron vueltas de un lado para otro, como si investigaran todos los rincones del salón.

---

1 **majestuosa:** magnífica; **cúpula:** techo que tiene forma de media esfera.

—No sé por qué debería ayudarte —dijo por fin.

—Porque tú eres fuerte y yo soy débil —respondió Dorotea—; porque tú eres un gran mago y yo una pobre niña indefensa.

—Sin embargo, has tenido la fuerza suficiente para matar a la malvada bruja del este.

—Fue pura casualidad —confesó Dorotea—. Aunque hubiese querido, no habría podido evitarlo.

—Muy bien —dijo la cabeza—, mi respuesta a tu petición es la siguiente: no tienes ningún derecho a esperar que te mande de

vuelta a Kansas a menos que tú me hagas otro favor a cambio. En el País de Oz todos deben pagar por lo que reciben. Si quieres que use mis poderes mágicos, primero tienes que ayudarme.

—¿Ayudarte yo? ¿Y qué debo hacer?

—Matar a la malvada bruja del oeste.

—¡Pero si solo soy una niña! —exclamó Dorotea—. ¿Cómo voy yo a matar a una bruja?

—Tú has matado a la bruja del este y te has hecho con sus zapatos de plata, que vuelven poderoso a quien los lleva, de modo que no te resultará difícil acabar con la bruja del oeste. Cuando la hayas matado, yo te permitiré volver a Kansas con tus tíos.

—Nunca he matado a nadie a propósito —dijo Dorotea, echándose a llorar—. Y aunque quisiera matar a la bruja del oeste, ¿cómo podría conseguirlo? Si tú que eres grande y terrible no puedes acabar con ella, ¿cómo voy a hacerlo yo?

—No lo sé —respondió Oz—. Pero nunca más verás a tus tíos si no das muerte a la bruja del oeste. Ahora vete, y vuelve solo cuando hayas cumplido tu misión.

Dorotea regresó muy apenada junto a sus amigos, quienes ardían en deseos de saber lo que le había dicho el mago.

—Si quiero volver a Kansas —les explicó la niña—, antes debo matar a la bruja del oeste, y está claro que nunca lo conseguiré.

El espantapájaros, el leñador y el león se entristecieron mucho al ver lo desconsolada que estaba Dorotea.

—¿Qué podemos hacer por ti? —le dijeron.

—Nada —respondió la niña—. Solo espero que vosotros tengáis más suerte con Oz.

Y, sin decir nada más, se encerró en su habitación, se tumbó sobre la cama y lloró hasta caer dormida.

Las mil caras de Oz

A la mañana siguiente, el soldado de los bigotes verdes llamó a la habitación del espantapájaros y le anunció que el mago iba a recibirle.

—Sígueme, por favor —le dijo.

Cuando el espantapájaros entró en el salón del trono, no vio la cabeza de la que Dorotea le había hablado, sino a una dama hermosísima que lucía un brillante vestido de seda verde y llevaba una corona de esmeraldas en la cabeza. De sus hombros nacían unas vistosas alas que parecían de papel; eran tan ligeras que se agitaban al menor soplo de aire. El espantapájaros hizo una reverencia y la mujer le dijo con dulzura:

—Yo soy Oz, el más poderoso de todos los magos. ¿Quién eres tú y para qué has venido a verme?

—Majestad —dijo el espantapájaros con aplomo—,[1] yo no soy más que un espantapájaros hecho de paja. Mi cabeza es un saquito relleno de serrín, y por eso no sé pensar, de modo que he venido a suplicarte que me des un cerebro. Así seré tan inteligente como los demás hombres.

—¿Y por qué tendría que darte yo un cerebro?

---

1 **aplomo:** seriedad, serenidad.

—Porque eres sabia y poderosa, y solo tú puedes ayudarme.

—Nunca concedo favores sin recibir algo a cambio —respondió Oz—. No obstante, voy a prometerte una cosa: si matas a la malvada bruja del oeste, te concederé un cerebro tan extraordinario que serás el hombre más sabio de mi reino.

—Creía que ya le habías pedido a Dorotea que matara a la bruja —dijo el espantapájaros, algo confuso—. Entonces, ¿por qué me lo pides también a mí?

—Porque no me importa quién acabe con la bruja —contestó Oz—. El caso es que hasta que no esté muerta no te concederé tu deseo. Ahora vete, hombre de paja, y no regreses hasta que te hayas ganado el cerebro que tanto ansías.

El espantapájaros salió del salón muy apenado, y Dorotea se extrañó mucho cuando supo que el gran mago había cobrado la forma de una hermosa dama para recibir a su amigo.

—De todos modos —dijo el espantapájaros con amargura—, no sabría deciros a quién le hace más falta un corazón, si a Oz o al hombre de hojalata.

Al día siguiente, el soldado de los bigotes verdes llevó al leñador hasta el salón del trono, en el que se hallaba sentada una bestia monstruosa. Tenía el tamaño de un elefante, el cuerno de un rinoceronte, cinco ojos, cinco brazos y cinco patas, y el pelo grueso y rojizo. Fue una suerte que el leñador careciera de corazón en aquel momento, pues de lo contrario se le habría salido del pecho de puro terror.

—Yo soy Oz, el más poderoso de todos los magos —rugió la fiera—. Dime quién eres tú y para qué has venido a verme.

—Gran mago —respondió el leñador—, yo soy un hombre hecho de hojalata, y he venido a pedirte un corazón para poder amar como todo el mundo.

Oz dejó escapar un sordo gruñido y contestó con aspereza:

—Si deseas un corazón, tienes que ganártelo.

—¿Cómo? —preguntó el leñador.

—Debes ayudar a Dorotea y al espantapájaros a matar a la bruja malvada del oeste —sentenció Oz—. Te prometo que, cuando la bruja esté muerta, te daré el corazón más grande y bondadoso y amante de todo mi reino.

El leñador de hojalata volvió muy afligido[2] junto a sus amigos, y les describió a la terrible bestia con la que había conversado. To-

2 **afligido:** muy triste y apenado.

dos se maravillaron de las mil y una formas que podía adoptar Oz, y el león advirtió:

—Si cuando lo vea sigue siendo una bestia, rugiré con todas mis fuerzas para asustarlo, y así conseguiré que me conceda todo lo que le pida.

Sin embargo, cuando, a la mañana siguiente, el hombre de los larguísimos bigotes lo llevó ante Oz, el león sufrió un ataque de pánico.[3] Sobre el trono encontró una descomunal bola de fuego que le puso los pelos de punta. Al principio, el león pensó que Oz se había prendido fuego por accidente y que estaba achicharrándose vivo, por lo que se acercó al mago para apagar las llamas. Pero el fuego le chamuscó los bigotes, y entonces el león se asustó tanto que echó a correr hacia la puerta. «Yo me voy a mi casa, aunque siga siendo un cobarde el resto de mi vida», se dijo.

No obstante, antes de que el león pudiera escapar, la bola de fuego habló con una voz rotunda y sosegada.

—Soy Oz, el más poderoso de todos los magos —proclamó—. ¿Quién eres tú y para qué has venido a verme?

El león le explicó que era un animal cobarde en busca de valor, y Oz le respondió que solo le concedería su deseo cuando la bruja del oeste hubiera muerto.

—No tenemos más remedio que ir a buscarla y destruirla —dijo Dorotea cuando el león volvió del salón del trono—. No deseo matar a nadie, pero si no lo hacemos nunca podré volver a Kansas.

—Yo no tengo valor para acabar con la bruja —dijo el león—, pero iré contigo, porque lo que más deseo en el mundo es ser muy valiente.

---

3 **pánico**: pavor, miedo muy intenso.

—Y yo os acompañaré para tener un cerebro —anunció el espantapájaros.

—Y yo os ayudaré porque no quiero vivir sin corazón —afirmó el hombre de hojalata.

Aquella noche los cuatro amigos se acostaron temprano para cobrar fuerzas con las que enfrentarse a la bruja del oeste. Por la mañana, los despertó el cacareo de una gallina que había puesto un huevo verde, y al instante iniciaron los preparativos del viaje. El hombre de hojalata dedicó más de una hora a engrasarse las articulaciones y a afilar su hacha, el espantapájaros se rellenó el cuerpo de paja fresca y le pidió al hombre de hojalata que le pintara unos ojos nuevos para ver mejor, el león se estuvo repitiendo durante un buen rato que no debía tener miedo de las brujas, y Dorotea llenó su cestita con la fruta, el pan y el queso que le ofreció la hermosa joven de color verde. Cuando los cuatro estuvieron listos, se dirigieron a la salida de la ciudad, y entonces el león anunció con un poderoso rugido:

—¡Acabaremos con la bruja malvada cueste lo que cueste!

En busca de la malvada bruja

El sol acababa de salir cuando el guardián de las puertas les quitó las gafas a los viajeros y les abrió la puerta de la ciudad. Dorotea le preguntó dónde vivía la bruja del oeste.

—En el País de los Guiñones —respondió el guardián.

—¿Y quiénes son los guiñones? —dijo Dorotea.

—Son unos enanitos de color amarillo a los que la malvada bruja ha esclavizado durante muchísimo tiempo.

El espantapájaros preguntó cómo podían llegar al castillo de la bruja, y el guardián respondió que no había ningún camino hasta allí, porque nadie viajaba nunca en aquella dirección.

—Pero si queréis dar con ella —explicó—, bastará con que sigáis hacia el oeste, donde se pone el sol. En cuanto la bruja sepa que estáis en su reino, será ella la que os busque.

—¿A nosotros? —preguntó el espantapájaros, un poco asustado—. ¿Y para qué iba a querer encontrarnos?

—¿Cómo que para qué? Para convertiros en sus esclavos, naturalmente —contestó el guardián.

—Pues no lo conseguirá —rugió el león—. ¡Lucharemos con todas nuestras fuerzas y acabaremos con ella!

—¿En serio? —exclamó el centinela—. No será una tarea fácil, porque la bruja es malvada y feroz, y os tenderá mil y una trampas para capturaros.

A pesar de las advertencias del guardián, Dorotea y sus amigos abandonaron la ciudad con paso firme. Nada más cruzar la muralla, la niña comprobó con sorpresa que su bonito vestido de seda ya no era verde, sino de un blanco limpísimo, igual que la cinta que Totó llevaba atada al cuello. «¡Caramba!», se dijo, «este país es una caja de sorpresas».

Los viajeros caminaron bajo un sol espléndido por un campo de hierba salpicado de margaritas, pero hacia el mediodía el terreno se volvió peligroso y el cielo comenzó a nublarse.

—Mirad, este cartel dice que no sigamos adelante, porque esta tierra está llena de amenazas —dijo Dorotea.

—Y todos los árboles están tan secos como si no supieran florecer —observó el hombre de hojalata.

Sin embargo, a pesar de tan negros presagios,[1] los cuatros amigos continuaron su camino y, al anochecer, Dorotea, Totó y el león se echaron a descansar sobre la hierba.

—Podéis dormir tranquilos —dijo el espantapájaros—. El leñador y yo haremos guardia durante toda la noche.

Los cuatro amigos ignoraban que la bruja del oeste los estaba espiando. Aquella vieja malvada solo tenía un ojo, pero era más potente que un catalejo,[2] y no tardó en descubrir a los viajeros a la luz de la luna. «¿De modo que esos necios se han atrevido a entrar en mi reino sin pedirme permiso?», se dijo enfurecida. «¡Mandaré que les arranquen la cabeza y todos ellos morirán entre horribles dolores!».

La bruja, dispuesta a acabar con los cuatro amigos, hizo sonar un silbato de plata que llevaba al cuello y, al instante, una manada

1 **negros presagios:** señales de que va a suceder algo malo.

2 **catalejo:** aparato que sirve para ver lo que está lejos como si se encontrara cerca.

de lobos se presentó ante ella. Eran fieras de patas largas y dientes afilados, y tenían unas mandíbulas tan poderosas que podían desgarrar el cuello de un oso de un solo mordisco.

—¿Por qué nos has llamado, querida bruja? —preguntó el capitán de los lobos.

—Quiero que hagáis pedazos a los forasteros que se han atrevido a entrar en mi reino.

—Pero ¿no vais a convertirlos en esclavos?

—No. El leñador y el espantapájaros no valen para nada, y la niña es demasiado débil para servirme y tan poca cosa que ni siquiera daría para un asado. Al león tal vez podría obligarlo a trabajar en una noria, pero no merece la pena molestarse por un bicho como ese, así que es mejor que los hagáis picadillo a los cuatro.

—Así se hará —sentenció el capitán de los lobos, quien al instante ordenó a su manada que lo siguiera a través de los campos.

Aquel ejército de fieras salvajes atravesó cerros[3] y valles a toda prisa, y en un abrir y cerrar de ojos alcanzó el bosque donde estaban durmiendo los viajeros.

—¡Arrancadles las tripas sin piedad! —ordenó el capitán de los lobos a su manada.

Por suerte, el espantapájaros y el leñador estaban bien despiertos y oyeron acercarse a aquellas fieras terribles.

—¡Déjamelos a mí! —exclamó el leñador.

Y, sin decir nada más, alzó su hacha y la descargó con todas sus fuerzas sobre el cuello del capitán. La cabeza del lobo saltó de golpe y cayó rodando por una pendiente. Sus compañeros, enfurecidos, mostraron sus colmillos con fiereza, pero el leñador arremetió contra ellos sin miedo y, al cabo de un rato, cuarenta lobos habían muerto bajo el filo terrible de su hacha.

—¡Eres un héroe! —dijo el espantapájaros.

A la mañana siguiente, cuando Dorotea y el león se despertaron, el hombre de paja les explicó lo que había sucedido, y ambos, muy asombrados, le dieron las gracias al leñador. Poco después, los cuatro amigos reemprendieron su viaje radiantes de felicidad, pero la bruja, muerta de rabia, los vio desde la puerta de su castillo y decidió aguarles la fiesta. La malvada vieja tocó su silbato de plata dos veces, y, al instante, una bandada de negros cuervos se presentó ante ella.

—Quiero que les saquéis los ojos a los forasteros que han entrado en mi reino —ordenó la bruja.

---

3 **cerros**: montecillos, elevaciones del terreno.

—Así se hará —sentenció el rey de los cuervos.

La bandada echó a volar por los aires y muy pronto planeó sobre Dorotea y sus amigos. La niña corrió espantada al ver a los cuervos, pero el espantapájaros no se acobardó.

—Esta vez seré yo quien pelee —les anunció a sus compañeros de viaje—. Echaos al suelo y no os ocurrirá nada.

El espantapájaros se limitó a quedarse de pie, y los cuervos no se atrevieron a acercarse a él, porque las aves siempre han tenido miedo de los espantapájaros a los que no conocen.

—¡Menuda panda de gallinas! —gritó el rey de los cuervos a sus súbditos—. ¿Cómo podéis tenerle miedo a un hombre relleno de paja? ¡Yo os enseñaré a luchar! ¡Voy a arrancarle los ojos a ese espantapájaros de tres al cuarto!

Y dicho eso, el rey de los cuervos se abalanzó sobre el espantapájaros para sacarle sus ojos de serrín y sus tripas de paja. Sin embargo, antes de que pudiera tocarlo, el espantapájaros saltó con una agilidad asombrosa sobre el pajarraco, lo agarró por la cabeza y le retorció el pescuezo hasta matarlo. Luego hizo lo mismo con los otros treinta y nueve cuervos de la bandada.

Al ver el suelo lleno de pájaros muertos, la malvada bruja montó en cólera.

—¡Malditos sean! —gritó—. ¡Esos desgraciados han acabado con mis lobos y con mis cuervos y todavía siguen vivos! ¡Ahora verán lo que es bueno!

Y, tras tocar otra vez su silbato de plata, envió a un enjambre de avispas furiosas contra los viajeros. En esta ocasión, el hombre de hojalata se puso delante para proteger a sus amigos, y las abejas se abalanzaron sobre él. Al clavar los aguijones en sus brazos y piernas de metal, murieron en el acto, pues las abejas nunca sobreviven a la pérdida de su aguijón.

Al día siguiente, la bruja envió un ejército de guiñones armados con lanzas para acabar con los viajeros. Pero, pese al aspecto aguerrido[4] que les daban las lanzas, los guiñones no eran muy valientes, de modo que, en cuanto el león lanzó un rugido, echaron a correr despavoridos.[5]

—¡No puede ser! —gritó la bruja, hecha una verdadera furia—. ¡Tengo que encontrar un modo de acabar con esos malditos forasteros.

4 **aguerrido**: violento, agresivo.

5 **despavoridos**: aterrados, muertos de miedo.

Entonces la malvada vieja recordó el sombrero de oro que guardaba en un armario de su castillo y pensó en los poderes mágicos que tenía aquella prenda maravillosa. «Es mi última esperanza», se dijo. Se trataba de un hermoso sombrero confeccionado con oro puro que llevaba una rueda de rubíes[6] y diamantes en el ala, y concedía a su dueño la posibilidad de pedir ayuda por tres veces a los monos alados. La bruja había utilizado el sombrero en dos ocasiones: una para esclavizar a los guiñones, y otra para luchar contra el mago de Oz. Sabía, por tanto, que solo podría usarlo una vez más, y decidió que aquel era el momento adecuado para hacerlo. Sin perder más tiempo, corrió a buscar el sombrero, y se lo encasquetó[7] a toda prisa a la vez que pronunciaba las palabras mágicas:

Meché, mochó, michí,
que los monos alados
vengan a mí.

Y, en aquel mismo instante, un ejército de monos dotados de alas oscureció el cielo como una bandada de pájaros de mal agüero.[8] Mientras cruzaban los aires, aquellos extraños animales lanzaban unos chillidos de alegría que habrían podido hacer temblar incluso al más valiente. Al cabo, los monos alados descendieron frente al castillo de la bruja del oeste, y su rey hizo una profunda reverencia ante la malvada bruja del oeste.

—Nos has mandado llamar una vez más. ¿Cuáles son tus órdenes? —le preguntó.

---

6 **rubíes**: piedras preciosas de color rojo.

7 **se lo encasquetó**: se lo encajó bien en la cabeza.

8 **de mal agüero**: que traen desgracias.

—¡Quiero que acabéis con los forasteros que han entrado en mi reino! —dijo a gritos la espantosa vieja, que ardía de rabia—. Matadlos a todos excepto al león: a ese lo llevaréis al patio del castillo y lo obligaréis a trabajar para mí.

—Tus órdenes serán obedecidas —dijo el rey.

Los monos alados emprendieron el vuelo, y no tardaron en dar con Dorotea y sus compañeros. Tres de los monos se abalanzaron sobre el hombre de hojalata, lo agarraron del cuello y lo arrojaron desde el aire sobre unas rocas puntiagudas con la intención de dejarlo hecho pedazos. Otros cinco le sacaron la paja al espantapájaros hasta convertirlo en un traje sin vida, y arrojaron sus ropas, su calzado y su sombrero sobre la copa de un árbol altísimo. El resto de los monos atrapó al león en una red y lo llevó por los aires hasta el castillo de la malvada bruja. Una vez allí, lo encerraron en un estrecho patio lleno de ratas que tenía una reja de hierro muy alta. Como el león no paraba de rugir y amenazarles con sus afiladas garras, uno de los monos le gritó entre risas:

—¡Nunca podrás escapar de ahí!

En cambio, aquel ejército de fieras aladas no le hizo ningún daño a Dorotea. El rey de los monos estaba a punto de lanzarse sobre ella, cuando descubrió la marca del hada del norte en su frente. Entonces se detuvo en seco y les dijo a sus súbditos:

—Os ordeno que no le hagáis ningún daño, pues esa marca indica que la niña está protegida por el poder del bien, que es más fuerte que el poder del mal.

—Pero, si no le hacemos nada —replicó uno de los monos—, la bruja nos castigará sin piedad.

—¡A más de uno le ha sacado los hígados por mucho menos! —exclamó otro.

—¡Tenemos que matar a la niña o la bruja nos matará a nosotros! —gritó un tercero.

—Está bien —concluyó el rey, tras reflexionar durante un buen rato—. Llevaremos a la niña al castillo, y que la bruja haga con ella lo que le venga en gana.

Así pues, los monos tomaron a Dorotea en brazos y la llevaron con suavidad hasta el palacio de la bruja, a quien el rey informó de todo lo sucedido:

—El leñador de hojalata y el espantapájaros han sido destruidos y el león se encuentra encerrado en tu patio, pero no nos atrevemos a hacerle daño a la niña ni al perro que lleva en brazos.

—¡Malditos cobardes! —gritó la bruja—. ¿De modo que no habéis tenido agallas[9] para matarla? ¡Pues alejaos de mi vista ahora mismo o tendré que degollaros[10] y haceros picadillo para calmar mi ira!

—No te preocupes —respondió el rey de los monos alados—. Puesto que ya nos has llamado en tres ocasiones, tu poder sobre nuestro ejército ha terminado: nunca más volverás a vernos.

Y, sin más demora, el ejército de monos alados emprendió el vuelo y se fue por donde había venido.

9 **agallas**: valor, valentía.
10 **degollaros**: cortaros el cuello.

El final de la bruja

—¡Qué placer tan inesperado! —dijo la bruja a Dorotea en cuanto se quedaron solas—. ¡Has sido muy amable al venir a hacerme compañía!

—No he venido a acompañarte —replicó la niña—, y, desde luego, no es ningún placer estar con una vieja tan perversa como tú.

La bruja sintió deseos de estrangular a Dorotea, pero se contuvo al recordar la marca que la niña llevaba en la frente y los zapatos mágicos que calzaba.

—Escúchame, querida —le dijo—. Esos zapatos de plata son de mi hermana la bruja del este, de modo que tendrás que devolvérmelos si no quieres que acabe contigo.

—Ahora son míos, ¡así que ni hablar! —respondió Dorotea.

—Te lo diré de otro modo —gruñó la bruja—: ¡o me das los zapatos de plata o echaré a la olla a este chucho asqueroso!

Y a continuación intentó atrapar a Totó, pero el perrito le saltó encima y le dio un buen mordisco en la pierna. La bruja se echó a reír al ver la cara que puso Dorotea cuando comprobó que de la herida de la pierna no brotaba ni una gota de sangre. Y es que la muy malvada era tan vieja que la sangre se le había secado.

Entonces la bruja se agachó ante Dorotea y trató de quitarle los zapatos de plata, pero, aunque tiró de ellos con todas sus fuerzas, no logró sacárselos de los pies. «Ya sé lo que sucede», se dijo por fin la bruja, «nadie podrá quitarle los zapatos contra su voluntad. Debo ser astuta o de lo contrario perderán su hechizo».

Durante tres días y tres noches, la vieja se estrujó el cerebro en busca de un truco que le permitiera arrebatarle los zapatos a Dorotea, y al fin dio con él. Una tarde, colocó una barra de hierro en el suelo de la cocina y recitó un encantamiento delante de ella:

Chas, chas, chas,
por mis poderes mágicos
la barra no verás.

Gracias a aquellas palabras, la barra se volvió invisible.

—Querida niña —dijo la bruja a Dorotea—, tráeme el plato de carne que hay en la cocina. Es para alimentar a mis serpientes.

—No —respondió Dorotea con malos modos.

—Entonces —dijo la bruja—, mis serpientes tendrán que comer carne de perro. ¿Qué te parece mi idea?

Dorotea quería mucho a Totó, por lo que obedeció sin rechistar a la bruja. Pero, nada más entrar en la cocina, tropezó con la barra invisible y cayó al suelo tan larga como era. Aunque apenas se hizo daño, se le salió uno de los zapatos de plata, y, antes de que pudiera recuperarlo, la bruja lo agarró y se lo puso en su huesudo pie.

—¡Eres tonta de remate! —dijo, muerta de risa—. ¡Voy a quitarte el otro zapato, y entonces seré la bruja más poderosa del mundo!

—¡Devuélveme mi zapato, vieja bruja! —gritó Dorotea.

Y, sin pensárselo dos veces, la niña tomó un cubo de agua que había en la cocina y se lo echó encima a la bruja.

—¡Maldita chiquilla! —aulló la vieja—. ¡Mira lo que has hecho!

La bruja se había quedado arrugada como una pasa y se derretía a la velocidad de un terrón de azúcar en un vaso de leche.

—¡Mírame, maldita piojosa, estoy desapareciendo por tu culpa!

Y la vieja no pudo decir nada más, pues al instante quedó convertida en una masa espesa, oscura y maloliente. Entonces Dorotea llenó otro cubo de agua y fregó el suelo de la cocina hasta que no quedó ni rastro de la vieja. Después, tomó su zapato de plata, le sacó brillo, se lo calzó y corrió al patio para liberar al león.

—¡La bruja malvada ha muerto! —le anunció.

—¿De veras somos libres? —preguntó el león.

—¡Claro que sí! —replicó Dorotea—. Ya podemos volver a la Ciudad Esmeralda y pedirle a Oz que cumpla su promesa.

La buena noticia corrió como la pólvora por los alrededores del castillo, y los guiñones gritaron con todas sus fuerzas:

—¡La bruja está muerta! ¡Viva Dorotea!

Sin embargo, la niña echaba mucho de menos al espantapájaros y al hombre de hojalata, así que llamó a los guiñones y les dijo:

—Si nuestros amigos estuvieran con nosotros, mi felicidad sería completa. ¿Podríais ayudarme a rescatarlos?

—Por supuesto —respondió uno de aquellos enanos amarillos—. Los buscaremos y estarán junto a vosotros en un santiamén.

Y, sin más tardanza, un grupo de guiñones se puso en marcha. Los hombrecillos encontraron al hombre de hojalata entre las rocas y lo llevaron con delicadeza al castillo. Pero el leñador estaba muy abollado y dolorido, y Dorotea se echó a llorar al verlo.

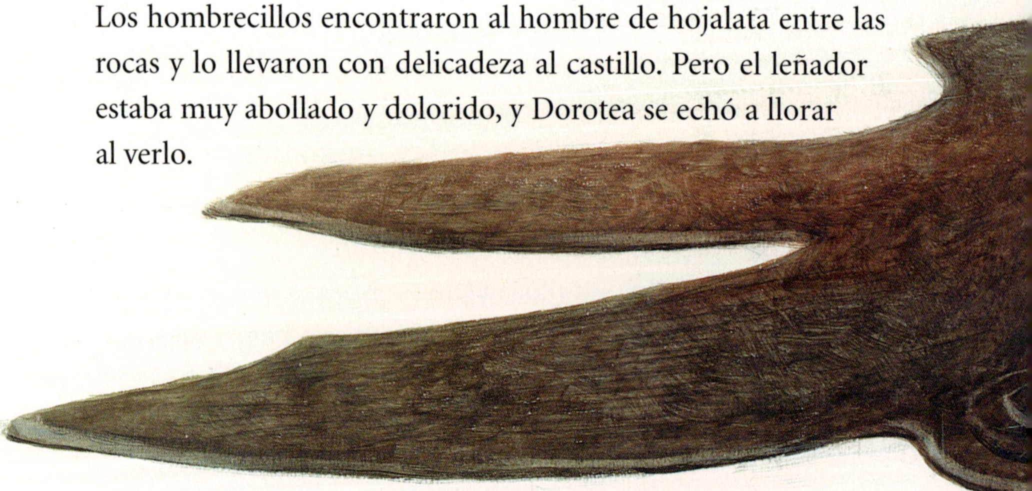

—Fíjate qué lastimado está —le dijo al león, apenada.

—¿Conocéis a algún hojalatero? —preguntó el león a los guiñones.

—Por supuesto —le respondieron—. Aquí viven los mejores hojalateros del mundo: son tan buenos que podrían construir un palacio de hojalata en un abrir y cerrar de ojos.

Dorotea y el león pidieron ver a aquellos fabulosos artesanos, y al instante se presentaron ante ellos tres hojalateros cargados con un canasto de herramientas.

—¿Podríais enderezar las abolladuras del leñador y soldar sus agujeros? —les preguntó.

7

—Pues claro que sí: lo dejaremos como nuevo.

La tarea de reparar al leñador fue mucho más dura de lo que los hojalateros habían imaginado. Se pasaron tres días y tres noches martilleando, soldando y puliendo todas las piezas de hojalata hasta que lograron devolverle su antigua forma al leñador. Con todo, hicieron un trabajo tan exquisito que, al final, las articulaciones del hombre de hojalata funcionaban incluso mejor que el primer día.

—¡Me siento como un hombre nuevo! —exclamó.

—¿Por qué no te quedas con nosotros y nos gobiernas? —le preguntó un guiñón al hombre de hojalata.

—Os lo agradezco mucho —replicó el leñador—, pero debo regresar a la Ciudad Esmeralda para conseguir un corazón.

—Y antes de partir tenemos que encontrar al espantapájaros —intervino Dorotea —. ¿Podríais ayudarnos a buscarlo?

Los hombrecillos, encantados de ayudar a la niña, organizaron otra excursión para dar con el hombre de paja. Tras varios días de búsqueda, encontraron el árbol en cuyas ramas los monos alados habían arrojado las ropas del espantapájaros. Los enanos amarillos, que por suerte eran muy ágiles, treparon por el tronco del árbol y las recuperaron. Luego, regresaron con ellas al castillo y las rellenaron de paja limpia y fresca, con lo que el espantapájaros quedó como nuevo. Y como a este le encantaba guardar las formas, se arrodilló ante los guiñones y les dio las gracias por haberle salvado la vida.

—No hay tiempo que perder —dijo entonces Dorotea con decisión—. Ahora que volvemos a estar los cuatro juntos, debemos regresar a la Ciudad Esmeralda y exigirle a Oz que cumpla las promesas que nos hizo.

El león, el espantapájaros y el leñador se mostraron de acuerdo, así que Dorotea corrió hacia la cocina del castillo y llenó su cesta de fruta, pan y queso.

—Los necesitamos para nuestro viaje —les explicó a sus amigos.

—¿Y por qué no te llevas también ese sombrero de oro? —propuso el espantapájaros señalando una estantería.

Dorotea no se lo pensó dos veces, tomó el sombrero de oro y se lo puso sin saber que estaba encantado. Luego se lo quitó y miró en su interior.

—Fijaos en lo que pone aquí dentro —les dijo a sus amigos y, a continuación, recitó la fórmula mágica:

Meché, mochó, michí,
que los monos alados
vengan a mí.

Fue dicho y hecho, pues, al momento, el ejército de los monos alados se presentó ante Dorotea.

—¿Qué ordenas? —dijo el rey de los monos.

—Nada —replicó la niña, que, como no tenía muy buen recuerdo de los monos alados, se disgustó al verlos—. ¿Qué habría de ordenar?

—Nuestro destino es obedecer las órdenes de aquel que lleve el sombrero —le explicó el rey de los monos—. Ahora es tuyo, y debemos cumplir tus órdenes.

—Está bien —contestó Dorotea, tras pensar un momento—. Ordeno que nos llevéis volando a la Ciudad Esmeralda, porque necesitamos ver a Oz cuanto antes.

Al oír a la niña, uno de los guiñones dijo:

—Antes de que os vayáis, nos gustaría entregaros algunos regalos, ya que te estamos muy agradecidos por habernos liberado.

Así, los enanos amarillos entregaron un regalo a cada uno de los viajeros: al león y a Totó, un collar de oro; a Dorotea, una pulsera de diamantes; al espantapájaros, un bastón con puño de oro; y al leñador, una aceitera de plata. Después, los guiñones se despidieron de sus amigos con lágrimas en los ojos.

Sin perder más tiempo, los monos alados tomaron en sus brazos a los cuatro viajeros y a Totó, y los llevaron volando a la Ciudad Esmeralda. Tras dejarlos a las puertas de la ciudad, el rey de los monos les dijo:

—Si alguna vez nos necesitáis, no tenéis más que llamarnos.

El ejército de los monos se alejó volando a toda velocidad y Dorotea, algo nerviosa, tocó la campanilla que había junto a la puerta verde.

Regreso a la Ciudad Esmeralda

El guardián salió a abrir la puerta y se quedó pasmado al ver de nuevo a Dorotea y sus amigos.

—¿Ya estáis de vuelta? —les dijo—. Creía que habíais ido a matar a la malvada bruja del oeste.

—Así es —respondió el león—. Dorotea la dejó hecha papilla.

—¡Santo Dios! —exclamó el centinela al tiempo que se inclinaba ante la niña en una profunda reverencia.

A continuación, el guardián puso unas gafas a cada uno de los viajeros y los llevó hasta el palacio de Oz. Por el camino, las gentes rodeaban a los extranjeros y exclamaban:

—¡Son unos héroes! ¡Han derretido a la bruja del oeste!

Al igual que sucedió en su anterior visita, el soldado de los bigotes verdes los recibió a las puertas del palacio, y la joven verde los condujo a sus habitaciones para que descansaran hasta que Oz decidiera recibirlos. Sin embargo, pasaron varios días sin noticias del mago.

—No hay derecho —decía Dorotea—. ¡Nosotros hemos cumplido nuestra parte del trato y el mago tiene que recibirnos!

—Ya sé lo que haremos —resolvió el espantapájaros—. Le diremos a Oz que, si no nos recibe de inmediato, llamaremos a los monos alados para que se encarguen de él.

La joven verde llevó el amenazador mensaje al mago, y Oz, que les tenía mucho miedo a los monos alados, citó a los viajeros para el día siguiente, a las nueve y cuatro minutos de la mañana. Sin embargo, cuando los amigos entraron en el espacioso salón del trono, no encontraron a nadie.

—¿Dónde estás? —preguntó Dorotea.

No hubo ninguna respuesta.

—¡Hemos venido a verte! —insistió el espantapájaros.

Oz tardó un rato en responder, pero al fin dijo con voz grave:

—Yo soy Oz, el más poderoso de todos los magos. Decidme, ¿por qué habéis vuelto?

—¿Dónde estás? —volvió a preguntar Dorotea.

—En todas partes —respondió la voz—, pero soy invisible para los ojos de los simples mortales.

—Hemos venido para que cumplas tu promesa —dijo la niña.

—¿Mi promesa? ¿Qué promesa?

—Prometiste que, si acabábamos con la malvada bruja del oeste, me enviarías de vuelta a Kansas y le darías un cerebro al espantapájaros, un corazón al hombre de hojalata y el valor que necesita al león.

—¿Así que habéis acabado con la bruja del oeste? —dijo la voz, que por primera vez parecía inquieta y temblorosa.

—Sí —respondió Dorotea—, le eché encima un cubo de agua y se derritió.

—Eso está muy bien —afirmó Oz—, pero necesito tiempo para pensar lo que voy a hacer con vosotros. Volved mañana.

—¿Mañana? —dijo el leñador con ojos de furia—. ¿Por qué mañana? ¡Ya has tenido tiempo suficiente para pensar todo lo que tengas que pensar!

—¡No esperaremos ni un día más! —anunció el espantapájaros.

—¡Debes cumplir tus promesas! —exigió Dorotea—. Ese es el deber de los magos buenos y poderosos.

—¡No despertéis la cólera del gran Oz! —gritó el mago—. Consideraos afortunados de que os conceda audiencia mañana y no dentro de treinta años.

---

1 **audiencia:** acto de recibir un gobernante a alguien y escuchar lo que le dice.

El león se indignó tanto con las palabras del mago, que se puso a rugir con todas sus fuerzas. Al oírlo, Totó, aterrado, echó a correr por el salón del trono como alma que lleva el diablo. En su carrera, movió uno de los paneles del biombo situado en una esquina, y dejó al descubierto a un anciano calvo y de corta estatura, con una varita en la mano.

—¿Quién es ese? —dijo el espantapájaros.

El leñador comprendió al instante toda la verdad:

—¡Oz no es más que un viejecillo! —exclamó.

—Os lo repito —seguía diciendo el anciano con la voz fuerte y grave del mago—: tenéis que estar agradecidos de que os conceda audiencia mañana y no dentro de treinta años.

Dorotea y sus amigos se habían quedado de piedra: el mago de Oz no era una cabeza descomunal, ni una hermosa dama, ni una fiera terrible, ni una bola de fuego, sino tan solo un viejecito corriente y moliente. El leñador de hojalata se enfureció tanto que levantó el hacha con la intención de hacer pedazos al hombrecillo.

—¿Así que tú eres el mago de Oz? —le gritó.

—Sí, soy yo —confesó el anciano, pálido como un muerto y con la voz temblorosa de quien teme por su vida—. ¡Pero no me hagas daño, por favor! ¡Os prometo que os concederé todo lo que me pidáis!

La historia del gran mago

Al oír los patéticos[1] ruegos del anciano, el hombre de hojalata bajó el hacha lentamente.

—Confieso que os he mentido —se disculpó el viejecito con gesto avergonzado—. Pero debéis entenderme, porque no me quedaba otro remedio…

—¿Que nos has mentido? —dijo Dorotea muy enfadada.

—Baja la voz, chiquilla —replicó el anciano—. Si los habitantes de la Ciudad Esmeralda se enteran de la verdad, os aseguro que mis días estarán contados. Todos creen que soy un mago terrible y poderoso, cuando no soy más que un humilde viejecito.

—¡Menudo farsante![2] —exclamó el espantapájaros.

—Sí —admitió el hombrecillo—, no soy más que un impostor.

—Entonces ¿no eres mago? —preguntó el león.

—La verdad es que una vez, hace ya muchos años —respondió Oz haciendo memoria—, gané el primer premio de la Sociedad de Magos de mi pueblo. Sin embargo, no creo que eso me autorice a decir que sea un gran mago.

—Pero eso es horrible —gritó el hombre de hojalata mientras se secaba las lágrimas con una mano—. ¿Ahora quién va a darme

---

1 **patéticos:** que causan pena y compasión.

2 **farsante:** persona que engaña a los demás.

el corazón que necesito? ¿Y de dónde sacará el león el valor que le falta? ¿Y quién le proporcionará al espantapájaros el cerebro que tanto ha buscado? ¿Y cómo regresará Dorotea a casa de sus tíos? ¡Es usted un hombre perverso!

—Nada de eso, queridos amigos —dijo Oz bajando la cabeza—, os aseguro que soy un mal mago pero no una mala persona. Haceos cargo del lío en el que voy a meterme si la gente se entera de quién soy en realidad.

—¿Es que nadie más lo sabe? —le preguntó Dorotea.

—Nadie —respondió el viejecito con la voz temblorosa—. He engañado a todos durante tanto tiempo que creí que jamás llegarían a descubrirme. Ahora me doy cuenta de que cometí un grave error al dejaros entrar aquí.

—Pero, si no eres mago —dijo Dorotea—, ¿cómo te apareciste ante mí con el aspecto de una gran cabeza? ¿Y cómo consigues adoptar formas tan distintas?

El viejecito se acercó a la cortina que había al fondo del salón del trono y la descorrió. Entonces Dorotea vio la gran cabeza con la que había hablado el primer día, así como un buen número de disfraces de todo tipo.

—Soy capaz de adoptar la forma que se me antoje[3] mediante trucos muy sencillos —explicó Oz—. Lo que tú viste no era más que una cabeza de cartón; la colgué del techo con un alambre y moví sus ojos y su boca con unos hilos desde detrás del biombo. Cuando entró el espantapájaros, me puse un vestido y una careta, y así me convertí en una hermosa dama; cuando recibí al leñador, me escondí tras un montón de pieles de animales que había

3 **que se me antoje**: que desee, que quiera.

cosido unas con otras. En cuanto a la bola de fuego, era una pelota de trapos que colgué del techo e hice arder echándole petróleo.

—Desde luego —dijo el espantapájaros—, deberías estar avergonzado de lo que has hecho. ¿Cómo puedes engañar a todo el mundo de esta manera y vivir tan tranquilo?

—Os aseguro que me siento muy avergonzado —contestó el anciano con amargura—, pero no me quedaba más remedio que

engañaros. Sentaos, por favor, y os contaré toda mi historia. Nací en Omaha…

—¿En Omaha? —exclamó Dorotea—. ¡Pero si eso está muy cerca de Kansas!

—Así es —admitió Oz—. Cuando era jovencito me uní a un circo donde me enseñaron a imitar las voces de personas y animales. Me convertí en un ventrílocuo[4] muy famoso, y la gente pagaba por oírme cantar como un ruiseñor, rugir como un tigre enfurecido, mugir como una vaca lechera y reírme con la gracia de un chimpancé. Pero no tardé en cansarme de todo eso, así que decidí hacerme aeronauta.

—¿Aeronauta? —dijo el espantapájaros—. ¿Y eso qué es?

—Un aeronauta es un hombre que sube al cielo en globo —explicó el hombrecillo—. Aquel número era el que más les gustaba a los espectadores del circo, así que un día monté en globo y me dirigí hacia lo más alto del cielo para dejar boquiabiertos a mis admiradores con una hazaña inimitable. Pero el globo voló a tanta altura que no pude volver a bajar.

—¡Qué miedo! —exclamó el león.

—Eso mismo sentía yo —confesó el viejecillo—, porque el globo subió por encima de las nubes y del arco iris, y entonces una poderosa corriente de aire lo arrastró a muchos kilómetros de distancia. Viajé por los cielos durante todo un día y una noche, y cuando desperté al amanecer vi que estaba volando sobre un extraño y maravilloso país. Por suerte, el globo descendió poco a poco y salí ileso[5] de mi aventura, pero al bajar me encontré con

4 **ventrílocuo**: hombre que sabe imitar la voz de otras personas o animales.
5 **ileso**: sin ningún daño.

gentes muy extrañas que, al verme descender de las nubes, me tomaron por un gran mago. Por supuesto, les dejé que creyeran que yo era un mago porque de esa manera me aseguraba de que siempre me tendrían miedo y nunca se atreverían a hacerme daño.

»Las gentes que me vieron bajar de los cielos prometieron hacer todo lo que yo les pidiera, así que les ordené que construyeran esta ciudad y, como el país es tan verde y bonito, decidí llamarla la Ciudad Esmeralda. Para que el nombre se le adecuara mejor, le puse a la gente gafas verdes, y desde entonces los habitantes de esta ciudad lo han visto todo de ese color. Mi pueblo ha usado gafas verdes durante tanto tiempo, que casi todo el mundo piensa que en realidad vive en una ciudad de color esmeralda en la que abundan las piedras preciosas.

—Pero ¿acaso no es verde todo lo que hay aquí? —preguntó Dorotea.

—Claro que no —respondió Oz—. Lo que ocurre es que, al ponerte las gafas verdes, todo lo que ves te parece de ese color.

—¡Menuda tomadura de pelo! —dijo el leñador.

—Tienes razón… —asintió el viejecito, y prosiguió con su relato—: La Ciudad Esmeralda fue construida hace muchos años, cuando yo era un hombre joven; ¡hace ya tanto tiempo de aquello…! Siempre me he portado bien con la gente y ellos me quieren, pero, desde que se construyó el palacio, me encerré entre estas cuatro paredes y no he dejado que nadie me viera.

—¿Y por qué nos enviaste a matar a la bruja del oeste si no podías cumplir con tus promesas? —preguntó Dorotea.

El viejecillo se quedó callado durante unos instantes.

—Desde siempre —dijo al fin—, he tenido mucho miedo de las brujas, pues, al contrario que yo, ellas tienen poderes mágicos y son capaces de hacer cosas maravillosas. Por eso me puse loco de contento cuando supe que tu casa había aplastado a la bruja del este. En aquel momento pensé: «Si esa muchacha viniera a verme, le pediría que matara a la bruja del oeste». Por eso no dudé en aseguraros que haría realidad vuestros deseos si acababais con esa vieja tan perversa y malvada. Sin embargo, ahora que la habéis derretido, me da vergüenza confesar que no puedo cumplir mis promesas.

—Entonces, ¿no me vas a dar un cerebro? —preguntó el espantapájaros.

—No lo necesitas —contestó el viejecillo—. Todo el mundo tiene cerebro. Cualquier bicho que se arrastra por el suelo o nada por los mares tiene cerebro, pero eso no quiere decir que sea sabio. En el país donde nací, los hombres acuden a las universidades para convertirse en grandes eruditos,[6] y, sin embargo, estoy convencido de que vivir mucho y acumular experiencia es el único camino que conduce a la sabiduría.

—Puede ser —dijo el espantapájaros, que se sentía terriblemente decepcionado—, pero yo sigo queriendo un cerebro, y seré muy desgraciado si no me lo das.

El falso mago miró con ternura al hombre de paja y dijo con un suspiro:

—Bueno, yo no soy un gran mago; pero si vienes mañana por la mañana, te pondré un cerebro en la cabeza. Sin embargo, no puedo enseñarte a usarlo: debes aprender a hacerlo por ti mismo.

—¡Oh, gracias, muchas gracias! —exclamó el espantapájaros—. Te aseguro que me esforzaré y aprenderé mucho.

---

6 **eruditos**: personas sabias porque han estudiado mucho.

—¿Y qué pasa con mi valor? —dijo el león con impaciencia.

—Ya tienes todo el valor que necesitas —contestó Oz—: lo único que realmente te hace falta es ganar más confianza en ti mismo. Te parece que careces de valor tan solo porque huyes del peligro, pero hazme caso: no hay un solo ser vivo en el mundo que esté en sus cabales[7] y no se asuste cuando se enfrenta a una situación arriesgada. El verdadero valor consiste en hacer frente al peligro incluso cuando se siente miedo. Y, en ese sentido, tú tienes mucho valor. De lo contrario, no te habrías atrevido a viajar por mi reino en busca de la Ciudad Esmeralda ni a plantarle cara a la malvada bruja del oeste.

—Tal vez sea capaz de afrontar grandes peligros —afirmó el león—, pero eso no me impide sentir miedo, y yo quiero poseer el tipo de valor que le hace olvidar a uno que está aterrado.

—Muy bien —dijo Oz—. Te daré ese tipo de valor mañana.

—¿Y qué hay de mi corazón? —dijo el leñador de hojalata.

—¡Ay, si supieras lo afortunado que eres al carecer de corazón! —respondió el hombrecillo—. Muchos de los que lo tienen se sienten desgraciados. Solo valdrá la pena tener corazón cuando los hagan de tal forma que sea imposible destrozarlos.

—No me importa que puedan rompérmelo —afirmó el leñador—: estoy dispuesto a soportar todo tipo de desgracias sin una sola queja si me das un corazón.

—Muy bien —concluyó Oz—. Ven a verme mañana y tendrás uno. He hecho de mago durante tanto tiempo, que bien puedo continuar desempeñando ese papel un poco más.

—Y yo —dijo Dorotea—, ¿cómo voy a regresar a Kansas?

---

7 **que esté en sus cabales**: que esté cuerdo, que no esté loco.

—Ese deseo es más difícil de conceder —respondió Oz—, pero ten paciencia. Dame dos o tres días para estudiar el asunto y seguro que encontraré un medio para que vuelvas a casa. Mientras tanto, seréis mis invitados de honor, y durante vuestra estancia en el palacio mi gente os servirá y obedecerá en todo. Solo os pido una cosa a cambio de mi ayuda: que guardéis mi secreto y no le digáis a nadie que soy un farsante.

—Te aseguro que si nos ayudas —respondió Dorotea, muy seria—, permaneceremos callados como tumbas y te perdonaremos todas tus mentiras.

Los fabulosos regalos de Oz

A la mañana siguiente, el espantapájaros se levantó muy temprano. Se había pasado toda la noche sin dormir, imaginando los estupendos pensamientos que iba a crear su cerebro nuevo, y no cabía en sí de gozo.

—Voy a ver a Oz —les dijo a sus amigos—, y cuando vuelva seré como los demás hombres.

—Me da pena que quieras ser como los demás hombres —replicó Dorotea—, porque a mí me gustas tal y como eres.

—Gracias por decir que te gusta un espantapájaros como yo, pero seguramente tendrás mejor opinión de mí cuando me oigas hablar como a un sabio —sentenció el hombre de paja.

Y, tras despedirse de sus amigos, se fue a ver a Oz.

—Entra —dijo el viejecito, que estaba sentado junto a la ventana del salón, sumido en sus pensamientos.

—He venido a por mi cerebro —anunció el espantapájaros.

—Sí, claro. Siéntate, por favor. Tendrás que disculparme por quitarte la cabeza, pero tengo que hacerlo para poner el cerebro que deseas en su interior.

—No te preocupes por eso. Puedes quitármela cuando quieras, siempre que cuando vuelvas a ponérmela haya en ella un cerebro.

El mago desató la cabeza del espantapájaros y vació el serrín que había en su interior. Luego, echó en un cuenco un poco de salvado[1] y un montón de clavos y agujas, lo removió todo durante un buen rato y llenó con la mezcla la parte superior de la cabeza del espantapájaros. La parte inferior la rellenó con paja para que los clavos y agujas no se movieran.

—A partir de ahora —le dijo, colocándole la cabeza—, serás un gran hombre, pues te he puesto un estupendo cerebro de salvado.

El espantapájaros estaba radiante de alegría, y, tras darle las gracias a Oz de todo corazón, regresó corriendo junto a sus amigos, que le aguardaban deseosos de saber cómo le había ido.

—¿Te sientes bien? —le preguntó Dorotea, algo extrañada por el bulto que le sobresalía al espantapájaros en la cabeza.

—Me siento sabio de veras —respondió el hombre de paja—. Ahora sé que el aire es una capa gaseosa compuesta por nitrógeno, oxígeno y argón y que…

—¡Caramba! —exclamó el leñador—. ¡Cómo se nota que tienes cerebro! Pero ¿por qué te salen todas esas agujas de la cabeza?

—Es una prueba de su agudeza[2] —observó el león.

—Bien, ahora soy yo quien tiene que ver a Oz para conseguir un corazón —afirmó el leñador de hojalata.

Así que se fue al salón del trono y le dijo a Oz que había ido a buscar su corazón.

—De acuerdo —respondió el anciano—, aunque tendré que abrirte un agujero en el pecho para poder colocarlo en su sitio. Espero que no te duela demasiado.

—No te preocupes —dijo el leñador—, estoy tan emocionado que no me enteraré de nada.

1 **salvado:** cascarilla o cubierta fina de los granos de los cereales.

2 El león emplea la palabra **agudeza** en dos sentidos: la cabeza es aguda porque le salen agujas en punta, y porque es 'inteligente e ingeniosa'.

El viejecillo cogió un abrelatas y abrió un agujerito en el costado izquierdo del pecho del leñador. Luego, tomó un bonito corazón hecho de seda roja y lo rellenó con el serrín que previamente había sacado de la cabeza del espantapájaros.

—¿Verdad que es precioso? —dijo Oz.

—Ya lo creo —respondió el leñador—. Pero, dime una cosa, ¿es un corazón bondadoso?

—¡Claro que sí! Es el corazón más bondadoso que jamás ha pasado por mis manos.

Sin decir nada más, el anciano lo colocó en el pecho del leñador y soldó con cuidado el pedazo de hojalata que le había sacado del pecho para que no quedara ninguna huella de la operación.

—Ahora —dijo al fin— tienes un corazón del que muchas personas se sentirían orgullosas.

—¡Muchas gracias! —exclamó el leñador con una sonrisa—. Jamás olvidaré lo que has hecho por mí.

Poco después, el león se dirigió al salón del trono y Oz le ofreció una botella verde.

—¿Qué es eso? —preguntó la fiera cobarde.

—Será valentía en cuanto te lo hayas bebido —dijo el mago—, pues el valor solo es valor cuando se encuentra dentro de uno. Bébetelo y te convertirás en el animal más valiente del mundo.

El león obedeció y se bebió la botella de un solo trago. Después, se sintió lleno de valor y corrió a contárselo a sus amigos.

—¿No volverás a tener miedo? —le preguntó Dorotea.

—Nunca —rugió el león—. De ahora en adelante seré el rey de los animales y no temblaré ante nada ni ante nadie.

Mientras tanto, Oz se había quedado a solas y sonreía, contento de haber conseguido satisfacer los deseos de los viajeros con tanta

facilidad. «¿Cómo voy a dejar de ser un farsante», se dijo, «si todos me piden que haga por ellos lo que saben que es imposible?». Entonces pensó en Dorotea y se entristeció, pues no sabía cómo ayudarla a regresar a casa. Sin embargo, después de mucho pensar, tuvo una idea y mandó llamar a la niña.

—Ven y siéntate a mi lado, pequeña —le dijo—. Ya he encontrado el modo de enviarte de regreso a casa: construiremos un globo y volaremos juntos a Kansas.

—¿Vas a venir conmigo? —preguntó Dorotea, entusiasmada.

—Sí —dijo el viejecillo—. Me paso el día en el palacio para que mi pueblo no se dé cuenta de que soy un impostor. Pero ya no soporto estar encerrado, así que he decidido que me iré a Kansas contigo y buscaré trabajo en un circo.

—¡Muchísimas gracias! —exclamó Dorotea abrazando al viejecillo y estampándole un beso en cada mejilla.

—¡Oh, no es para tanto! —dijo Oz con una sonrisa—. ¡Vamos, tenemos que ponernos manos a la obra! Coseremos un montón de tiras de seda para fabricar el globo, lo ataremos a un cesto grande de ropa y lo llenaremos de aire caliente, y a continuación…

—¡Iremos volando a Kansas! —gritó Dorotea.

Durante tres días, la niña y Oz se dedicaron a coser las tiras de tela, hasta que tuvieron entre sus manos una gran bolsa de seda verde de más de siete metros de largo. Oz la recubrió con una fina capa de pegamento para que no dejara escapar el aire, y luego ató un cesto grande de ropa a la bolsa. Después, plantó el globo en la plaza del palacio, reunió a su pueblo y dijo con voz solemne:

—Queridos amigos, Oz va a embarcarse en un viaje lleno de peligros para visitar a uno de sus amigos magos, que vive en las nubes. Mientras esté fuera, os gobernará el espantapájaros, que tiene el cerebro más poderoso del mundo. Por tanto, os ordeno que le obedezcáis como si fuera yo mismo.

Mientras las gentes de la Ciudad Esmeralda aclamaban a su nuevo rey, el leñador de hojalata cortó algunas ramas secas, reunió un montón de leña y encendió una gran hoguera. Oz, por su parte, puso la boca del globo sobre las llamas para que el aire caliente quedara atrapado en la bolsa de seda, y, poco a poco, el globo se fue inflando. Al fin, empezó a flotar en el aire: solo unas cuerdas lo mantenían amarrado al suelo. Entonces Oz entró en el cesto y dijo:

—En unos segundos el globo echará a volar, de modo que solo me queda deciros una cosa: sed felices y no me olvidéis jamás —y añadió, dirigiéndose a Dorotea—: ¡Las cuerdas del suelo están a punto de romperse! ¡Sube enseguida!

Dorotea miró a Oz con los ojos llenos de miedo.

—¡Es que no encuentro a Totó por ninguna parte! —exclamó.

El perro había visto un gatito que maullaba en brazos de una muchacha y se había metido entre la multitud para ladrarle. Cuando Dorotea logró dar por fin con Totó, lo agarró del cuello y echó a correr hacia el globo. Oz le había tendido la mano para ayudarla a subir, pero, cuando la niña estaba a punto de alcanzar el cesto, las cuerdas se rompieron y el globo se elevó por los aires.

—¡Vuelve, por favor! —gritó la niña—. ¡Tengo que ir a Kansas!

—¡No puedo volver, chiquilla! —dijo Oz desde las alturas—. ¡La corriente me lleva! ¡Ten cuidado y hasta siempre!

—¡Hasta siempre! —gritaron con entusiasmo los habitantes de la Ciudad Esmeralda.

El globo voló hasta perderse entre las nubes, y nunca más se supo de Oz. Tal vez llegó a Omaha sano y salvo; tal vez siga viviendo allí y maraville con sus trucos a los espectadores de algún circo. ¡Quién sabe! En cualquier caso, los habitantes de la Ciudad Esmeralda no lo olvidaron nunca.

—Oz era nuestro amigo —solían decir—. Gracias a él vivimos en esta hermosa ciudad y tenemos un rey tan sabio y justo como el espantapájaros. Debemos sentirnos muy orgullosos, pues no hay otra ciudad en el mundo que esté gobernada por un hombre de paja.

El peligroso camino hacia el sur

Al ver que sus esperanzas de regresar a Kansas se habían desvanecido por completo, Dorotea se echó a llorar con desconsuelo. Sollozó sin descanso durante muchos días, en los que apenas probó bocado ni logró dormir. Una oscura tristeza se adueñó de su alma, y llegó a pensar que nunca más volvería a ver a sus tíos.

—No debes llorar, Dorotea —le decía el espantapájaros, sentado en su trono—. Piensa que la Ciudad Esmeralda es nuestra, y que podemos hacer en ella lo que nos apetezca.

—Quédate con nosotros —le propuso el león con ternura—. Este lugar es muy hermoso, y seguro que con el tiempo conseguirás olvidarte de Kansas.

—No te vayas, querida Dorotea —declaraba el leñador de hojalata—. Te queremos mucho, y nuestra vida no sería lo mismo sin ti.

Pero Dorotea no paraba de llorar, de modo que el espantapájaros dedicó un buen rato a pensar cómo podía ayudar a la niña. «Seguro que mi cerebro nuevo me dará una buena solución», se dijo. Pensó tanto que la cabeza se le empezó a hinchar, y los clavos y las agujas que tenía en el cerebro estuvieron a punto de escapársele por el sombrero.

—¡Ya está! —exclamó—. Llamaremos a los monos alados y les pediremos que te lleven hasta Kansas.

Dorotea pensó que era una idea magnífica, por lo que se puso el sombrero dorado y convocó a los monos. Sin embargo, su rey le explicó que ellos pertenecían al País de Oz y no podían salir de él.

El espantapájaros volvió a estrujarse el cerebro hasta que se le ocurrió pedir consejo al soldado de los bigotes verdes.

—¿Cómo puede Dorotea volver a su casa? —le preguntó.

El soldado se quedó pensativo durante unos instantes.

—Quizá podría pedir ayuda a Glinda, el hada del sur —dijo al fin—. Es muy bondadosa y tiene un poder inmenso. Su castillo está al borde del desierto que rodea el País de Oz, así que tal vez conozca el modo de atravesarlo. El problema es que, para ver a Glinda, Dorotea deberá recorrer un camino lleno de peligros.

—¡Oh, Dios mío! —se lamentó la niña—. ¡Nunca conseguiré regresar a casa!

—¿Cómo que no? —exclamó el espantapájaros—. ¡Yo te acompañaré! Seguro que el viaje me convertirá en un rey más sabio aún.

—Yo iré con vosotros —dijo el león—. Aunque en la Ciudad Esmeralda me tratan muy bien, echo de menos la vida salvaje.

—¡Contad conmigo! —añadió el hombre de hojalata—. Mi hacha os será de mucha utilidad en esas tierras tan peligrosas.

Dorotea y sus amigos le devolvieron las gafas verdes al guardián, cruzaron las puertas de la Ciudad Esmeralda y emprendieron su viaje hacia el sur. Una vez más, dejaron atrás los hermosos campos que rodeaban la ciudad y llegaron a un bosque muy oscuro y silencioso. Mientras se internaban en la espesura, el espantapájaros soltó un grito: la rama de un árbol, que se le había enroscado en un tobillo, lo levantó por los aires y lo dejó caer al suelo de golpe.

—¡Vaya! —exclamó, palpándose la cabeza para comprobar si tenía el cerebro en su sitio—. Parece que estos árboles se mueven.

—Mirad —dijo Dorotea—, las ramas de ese árbol se agitan como si quisieran atraparnos. Y no se oye ni el canto de un pájaro. ¿Cómo vamos a atravesar el bosque?

—Dejadme a mí —intervino el hombre de hojalata, mientras se dirigía al árbol que había señalado la niña.

Al llegar junto a él, lo golpeó con su hacha hasta que las ramas dejaron de agitarse.

—¡Vamos, pasad, rápido! —gritó el leñador.

Dorotea y sus amigos corrieron a través del bosque, pero, al llegar al final de la espesura, se encontraron con un muro muy alto, tan fino y blanco como si estuviera hecho de loza.[1]

—¿Y ahora qué hacemos? —preguntó Dorotea, desanimada.

—No te preocupes, Dorotea —contestó el leñador—. Construiremos una escalera y saltaremos al otro lado.

Así pues, el leñador se puso a cortar leña, y Dorotea y el espantapájaros le ayudaron a fabricar una escalera. Mientras tanto, el león y Totó vigilaban que no les acecharan[2] las fieras salvajes. Cuando la escalera estuvo lista, los viajeros subieron por ella y se sentaron en el muro. Entonces se quedaron boquiabiertos al ver el espectáculo que les aguardaba al otro lado del bosque.

A sus pies, se extendía una extraña región donde la gente y los animales eran de porcelana, y las casas estaban hechas de loza y pintadas con esmaltes[3] de vivísimos colores.

—¡Qué bonito! —exclamó Dorotea—. ¿Cómo podríamos bajar de aquí? Me gustaría ver esas casitas de cerca.

---

1 **loza**: barro blanco y fino que se emplea para fabricar platos.

2 **acechar**: espiar, vigilar a escondidas.

3 **porcelana**: material blanco, fino y brillante con el que fabrican las vajillas; **esmalte**: sustancia líquida con la que se barnizan los objetos delicados.

—La escalera es demasiado pesada para subirla hasta aquí arriba —dijo el espantapájaros—, así que lo mejor será que me tire al suelo y vosotros saltéis sobre mí. De este modo no os haréis daño.

Fue dicho y hecho. El espantapájaros saltó al suelo y sus amigos se lanzaron uno a uno sobre él. Después, Dorotea le metió una paja que se le había salido del traje, y los cuatro echaron a andar.

Lo primero que les llamó la atención fue una granjera de porcelana que estaba ordeñando a una vaca también de porcelana; ambas eran tan bajitas que no le llegaban a Dorotea ni a la rodilla. Al ver

a los viajeros, la vaca se sobresaltó y le dio una coz a la mujer, que se quedó tendida en el suelo. Dorotea se sintió muy triste porque la vaca se había roto una pata.

—¡Oh, cuánto lo siento! —le dijo a la granjera de porcelana—. ¿Quieres que te ayudemos a levantarte?

—¡Ni se os ocurra acercaros! —gritó la mujer, mientras se ponía de pie—. ¡Mirad lo que le habéis hecho a mi vaca! Ahora tendré que llevarla al taller para que le peguen la pata rota.

—Lo siento mucho —respondió Dorotea—. Te ruego que nos perdones.

Pero la moza estaba demasiado indignada para responder.

—Debemos ser muy cuidadosos —dijo el bondadoso leñador a sus compañeros—, porque esta gente es muy frágil. ¡Se rompen con solo tocarlos! Estoy encantado de ser de paja y de no poder romperme con tanta facilidad. En el mundo hay cosas peores que ser un espantapájaros.

Dorotea comprendió que lo mejor que podían hacer era abandonar cuanto antes la región.

Así que los viajeros buscaron la salida y abandonaron la extraña región de porcelana.

Después de andar durante un buen rato, llegaron a otro bosque. En este, a diferencia del que habían atravesado antes, encontraron a un grupo de animales que los recibió con los brazos abiertos. El león se dio cuenta de que los animales eran muy infelices, y les preguntó qué les ocurría.

—Un monstruo terrible nos está haciendo la vida imposible —le explicaron—. Cada día devora a quien le viene en gana.

Al oír aquellas palabras, el león decidió enfrentarse al monstruo, que se encontraba durmiendo en una cueva oscura y maloliente. Era una bestia espantosa, parecida a una araña aunque más grande que un elefante, pero el león, sin pensárselo dos veces, le clavó las garras y le mordió el cuello hasta acabar con su vida. Locos de contento, los animales del bosque le pidieron que fuera su rey, y el león, feliz y orgulloso de su valentía, les prometió regresar para gobernarlos en cuanto Dorotea pudiera volver a casa.

Después de reponer fuerzas, los viajeros reanudaron la marcha. La niña se sentía muy satisfecha de haber sorteado tantos obstáculos con la ayuda de sus amigos, si bien cada vez tenía más ganas de llegar a Kansas y abrazar a sus tíos.

En el castillo de Glinda

Los viajeros atravesaron el bosque a paso ligero y fueron a dar al pie de un cerro algo escarpado.[1] Apenas habían empezado a trepar por las rocas cuando una voz áspera les gritó:

—¡Alto ahí! ¡Deteneos!

Entonces una cabeza calva se asomó por entre las rocas y dijo:

—Os encontráis en el País de los Cabezones, y no permitimos que los desconocidos entren en él.

—Pero necesitamos cruzar el cerro para llegar al castillo de Glinda —replicó el espantapájaros.

—¡Pues por aquí no podéis pasar! —exclamó el hombre, mientras salía de detrás de las rocas.

Era la persona más rara que Dorotea y sus compañeros habían visto jamás. Tenía el cuerpo rechoncho[2] y sin brazos, y el cuello, grueso y lleno de arrugas, aguantaba una cabeza plana en la coronilla.

—Vamos a cruzar el cerro te guste o no —dijo el espantapájaros, y dio un paso al frente.

Pero, de pronto, el cuello del hombre se estiró, su cabeza salió disparada como un rayo y se estrelló contra la barriga del hombre

---

1 **cerro**: montaña pequeña; **escarpado**: con mucha pendiente y lleno de rocas.

2 **rechoncho**: grueso y bajito.

de paja, que cayó al suelo dando tumbos. Mientras el pobre espantapájaros intentaba ponerse de pie, la cabeza del hombrecillo volvió a su sitio tan rápidamente como había salido.

—¿Lo entiendes ahora? —preguntó, riéndose a carcajadas.

Y, a continuación, comenzaron a salir cientos de cabezones de entre las rocas. El león rugió, enfurecido, pero los extraños hombrecillos ni siquiera pestañearon.

—Es inútil luchar contra esta gente —dijo el hombre de hojalata—. Son muy tercos[3] y no van a dejarnos pasar, así que tendremos que encontrar otra solución para llegar al castillo de Glinda.

—Sí, pero ¿cuál? —preguntó Dorotea.

—Quizá deberías llamar a los monos alados —sugirió el espantapájaros, que ya había recuperado el aliento—. Todavía te queda una orden que darles y, aunque los monos no saben cómo llegar a Kansas, tal vez puedan ayudarnos a cruzar el País de los Cabezones.

Dorotea no se lo pensó dos veces: se puso el sombrero a toda prisa y pronunció las palabras mágicas. Al instante, los monos alados se presentaron ante ella y se inclinaron en señal de respeto.

—¿Qué deseas? —preguntó el rey de los monos.

—Espero que esta vez puedas cumplir mis órdenes —dijo la niña—. Te ordeno que nos llevéis al castillo de Glinda.

—Así lo haremos.

Los monos alados alzaron a Dorotea y a sus amigos del suelo y sobrevolaron el País de los Cabezones con ellos en brazos. Al cabo de un rato, los depositaron en las puertas de un gran castillo rodeado de hermosos árboles, y, tras desearles mucha suerte, desaparecieron en un abrir y cerrar de ojos.

---

3 **tercos:** testarudos, que no cambian de opinión.

Ante las puertas del castillo, había tres jovencitas vestidas con unos bonitos trajes rojos.

—¿Por qué habéis venido al País del Sur? —preguntó una de las jóvenes.

—Para ver al hada buena que lo gobierna —dijo Dorotea—. ¿Podríais llevarnos ante ella?

—Decidme vuestros nombres y le preguntaré a Glinda si desea recibiros.

Cuando Dorotea y sus amigos les explicaron quiénes eran, la joven los llevó ante Glinda, a quien hallaron sentada en un trono adornado con incontables rubíes. El hada era una mujer bellí-

sima: tenía los ojos azules y el cabello rojo, y vestía una túnica de un blanco inmaculado.[4]

—¿Qué puedo hacer por ti, preciosa? —le preguntó a Dorotea.

La niña le contó su historia de cabo a rabo, desde el instante en que su casa había volado por los aires, hasta el momento en que los monos la habían dejado a la puerta de aquel hermoso castillo.

—Mi único deseo —añadió la niña— es volver a Kansas, pues estoy segura de que la tía Emma y el tío Enrique me echan mucho de menos.

El hada Glinda se inclinó hacia delante para besar a Dorotea en una mejilla.

—No estés triste, preciosa —le dijo—, yo te diré cómo puedes volver a Kansas. Pero antes quisiera saber qué van a hacer tus amigos cuando regreses a tu casa.

—Yo me quedaré en la Ciudad Esmeralda —declaró el espantapájaros—, pues Oz me ha nombrado su rey y la gente de allí me quiere mucho.

—Haces muy bien al quedarte con ellos —respondió el hada Glinda—, porque sería una lástima privar al pueblo de un rey tan prudente y sabio como tú.

Luego, el hada se volvió hacia el leñador y le preguntó:

—¿Y tú qué harás cuando Dorotea se marche?

El hombre de hojalata se apoyó en el hacha, pensó su respuesta por un momento y al cabo confesó:

—No lo sé. Por un lado, quisiera volver junto a la joven mascona de la que me enamoré, pero, por el otro, los guiñones me han pedido que me quede con ellos para convertirme en su rey.

---

4 **inmaculado**: muy puro, sin mancha.

—No lo dudes más —sentenció Glinda—: yo te llevaré al País del Oeste para que reines sobre los guiñones, y traeré a tu lado a la joven que amas para que puedas casarte con ella. Tienes un corazón generoso y, aunque tu cerebro no es tan grande como el del espantapájaros, puedes ser más brillante que él si te dan brillo.

Entonces, el hada miró al león y le preguntó:

—¿Y qué harás tú cuando Dorotea regrese a su casa?

—Al venir hacia aquí atravesamos un bosque habitado por fieras salvajes que me han nombrado su rey; es lo que siempre quise ser —respondió el león—. Si pudiese regresar allí me sentiría feliz.

—No te preocupes —respondió Glinda—. Yo haré que los monos alados te lleven a la selva para que seas el rey de los animales.

El espantapájaros, el leñador y el león dieron las gracias a la bondadosa Glinda.

—Pero a mí todavía no me has dicho cómo voy a volver a Kansas —dijo Dorotea.

—Tus zapatos de plata te llevarán sobre el desierto —contestó Glinda—. Desde el primer momento podías haber regresado a Kansas en un abrir y cerrar de ojos.

—¡Caramba! —exclamó la niña—. ¡Sí que era fácil!

—Desde luego que lo era —dijo Glinda con su dulce voz.

—¡Pero entonces yo no tendría mi cerebro! —gritó el espantapájaros—. Me habría pasado la vida en el trigal y nunca habría sido rey de la Ciudad Esmeralda.

—¡Y yo no habría conseguido el corazón que late en mi pecho! —exclamó el leñador de hojalata—. Me habría quedado tieso y oxidado en el bosque hasta el fin del mundo.

—Y yo habría sido un cobarde toda mi vida —dijo el león—, y ningún animal de la selva me habría respetado jamás.

—Tenéis toda la razón —concluyó Dorotea—, y me alegro mucho de haberos sido útil. Pero, ahora que cada uno ha conseguido lo que más deseaba y tiene un reino donde gobernar, yo quiero volver a Kansas con mis tíos.

—Muy bien —dijo Glinda—. Golpea entre sí los talones de los zapatos de plata tres veces seguidas y viajarás en un santiamén al lugar que desees.

—¡Qué sencillo es! —exclamó Dorotea mientras miraba a sus amigos con ternura e intentaba reprimir las lágrimas—. Me va a resultar muy difícil separarme de vosotros. Os quiero tanto a todos…

Entonces la niña rodeó con sus brazos al león y lo besó una y otra vez al tiempo que le acariciaba la melena afectuosamente.

—Echaré de menos tu miedo y tu coraje —le dijo.

—Nunca sería lo que soy de no haber sido por ti —respondió el león.

Después, la niña besó al leñador de hojalata, que se había echado a llorar de la emoción.

—No llores —le dijo—: ya sabes que te oxidas con nada.

—No me importa —observó el leñador—. Ahora sí que estoy convencido de que tengo corazón, porque sufro al verte marchar.

Luego, Dorotea se acercó al espantapájaros y lo abrazó con tanta fuerza que la paja se le movió de lugar.

—Nunca te olvidaré —le dijo.

—Ni yo a ti —respondió el hombre de paja—, porque me has enseñado a ser mejor.

Dorotea miró por última vez a sus amigos y después se colocó frente al trono de Glinda.

—¿Estás ya lista? —preguntó el hada.

—Sí —respondió Dorotea mientras se secaba una lágrima con el puño—. ¡Adiós, mis queridos amigos!

Entonces Glinda bajó de su trono de rubíes y se despidió de la niña con un beso. Dorotea le agradeció al hada lo que había hecho por ella, tomó a Totó en brazos y dijo adiós con la mano. Después, entrechocó los talones de sus zapatos por tres veces y ordenó con voz solemne:

—Llevadme a casa con la tía Emma y el tío Enrique.

Al instante, Dorotea empezó a girar por los aires a tanta velocidad que solo podía oír el silbido furioso del viento; pero apenas habían transcurrido unos segundos cuando la niña se vio rodando por el suelo con Totó en brazos. Al detenerse, Dorotea se encontró sentada frente a una hermosa casa hecha de troncos y en medio de una amplia pradera. Entonces la niña comprendió dónde se encontraba y gritó con entusiasmo:

—¡Por fin, Totó, por fin estamos de vuelta en Kansas!

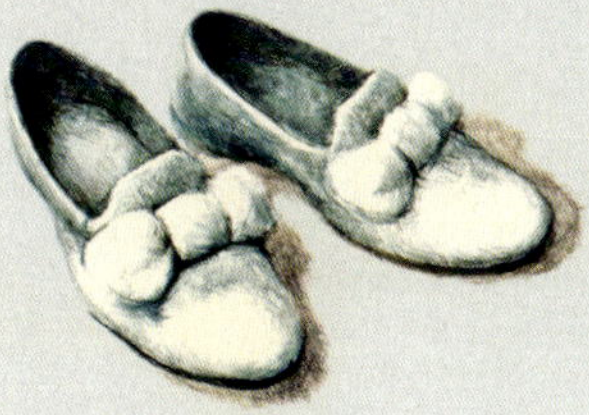

De vuelta a casa

Al mirarse los pies, Dorotea descubrió que había perdido los zapatos de plata durante su veloz viaje hacia Kansas. Frente a ella se encontraba el tío Enrique, que estaba ordeñando las vacas en el cercado. Dorotea se quedó maravillada al ver la casa que aquel buen hombre acababa de construir para reemplazar a la que había volado por los aires a causa del ciclón. Loca de alegría, la niña echó a correr, al tiempo que Totó ladraba sin cesar para demostrar su contento.

Entonces la tía Emma salió de casa para regar las coles del huerto y, al levantar la vista, vio a Dorotea corriendo por la hierba. La niña se detuvo ante su tía y la abrazó con todas sus fuerzas.

—¡Mi niña preciosa! —exclamó la mujer, llenándole la cara de besos a su sobrina—. ¿De dónde demonios sales?

—Del País de Oz —afirmó Dorotea con toda seriedad—. Ya ves que Totó también ha regresado.

—¿Del País de Oz? —dijo la tía Emma con un gesto de desconfianza—. Bueno, bueno, ve a lavarte las manos, que vamos a comer. Luego me cuentas cómo es ese país…

—¡Claro que sí! —respondió Dorotea al tiempo que volvía a abrazar a su tía—. ¡Caramba, tía Emma, no sabes lo feliz que me hace estar de nuevo en casa!

actividades

El mago de Oz

Argumento

1 La pequeña Dorotea es transportada por un tornado al maravilloso País de Oz. ¿Cómo es la vida de la niña junto a sus tíos? (pág. 9) ¿Qué le impide a Dorotea refugiarse en el sótano? (págs. 12-13) ¿Qué ocurre cuando la casa aterriza en el País de Oz? (págs. 15-18) ¿Qué le entrega el hada del norte a la niña? (pág. 21)

2 Dorotea rompe a llorar cuando se entera de que no podrá salir del País de Oz. ¿Qué deberá hacer para regresar a su casa? (págs. 23-24) ¿Por qué el hada del norte la besa en la frente?

3 La niña emprende el viaje hacia la Ciudad Esmeralda y se encuentra con un curioso espantapájaros. ¿Cuál es la mayor pena del hombre de paja y por qué se decide a acompañar a Dorotea a la Ciudad Esmeralda? (págs. 28-29 y 31)

4 De vuelta al camino, Dorotea y el espantapájaros oyen quejarse en un bosque a un hombre de hojalata. ¿Cómo se convirtió el leñador en un hombre de hojalata? (págs. 36-39) ¿Y por qué desea ahora tener un corazón?

5 Los tres viajeros son asaltados por un león cobarde en un oscuro bosque. ¿Qué hace el león para ocultar su miedo? (págs. 42-43) ¿Qué les ocurre a Dorotea y a sus nuevos amigos al cruzar el campo de amapolas? (págs. 51-52) ¿Por qué la reina de los ratones decide ayudarlos? (págs. 52-53)

6 El grupo llega por fin a la Ciudad Esmeralda. ¿Por qué los deja pasar el guardián de la puerta? (pág. 66) ¿Y por qué todo el mundo debe llevar allí unas gafas de color verde? (pág. 67) ¿Cómo es la Ciudad Esmeralda? (pág. 69)

7 El mago de Oz adopta apariencias distintas cuando se presenta ante los demás. ¿Qué apariencia adopta el mago ante cada uno de los cuatro amigos, y qué les pide a todos ellos? (págs. 73-82)

8 Dorotea y sus amigos ponen rumbo hacia el País de los Guiñones, donde vive la malvada bruja del oeste. ¿A quiénes envía la bruja para matar a los cuatro viajeros? (págs. 86-90) ¿Por qué los monos alados no le hacen ningún daño a la niña? (pág. 94)

9 Los monos conducen a Dorotea al castillo de la bruja del oeste, quien intenta quitarle a la niña los zapatos de plata. ¿Cómo aniquila Dorotea a la bruja? (págs. 97-98) ¿Qué le pide la niña a los guiñones? (págs. 98-102) ¿Cómo se trasladan los cuatro amigos a la Ciudad Esmeralda? (pág. 104)

10 En el salón del trono, ¿qué descubren Dorotea y sus amigos sobre Oz? ¿Qué historia les cuenta el mago? (págs. 107-108 y 114-116) ¿Cómo puede Oz adoptar tantas formas distintas? (pág. 111) ¿Es realmente verde la Ciudad Esmeralda? Razona tu respuesta.

11 El mago sabe que los deseos de los cuatro amigos son imposibles de satisfacer, pero ¿qué les entrega al espantapájaros, al leñador y al león? (págs. 120-122) ¿Por qué el mago de Oz decide regresar a casa con Dorotea? (pág. 123) ¿Quién gobernará la Ciudad Esmeralda en su ausencia? (pág. 124)

12 Dorotea no consigue subir al globo con el mago, así que el soldado de los bigotes verdes le sugiere ir a ver al hada Glinda. De camino hacia el sur, ¿qué peligro

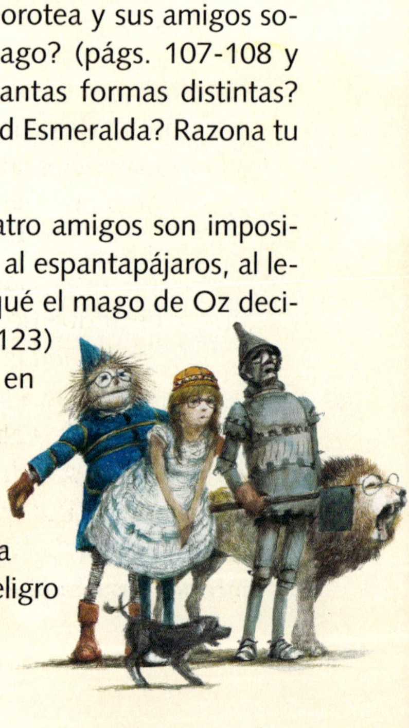

sortean los viajeros en el bosque? (págs. 129-130) ¿Qué extraña región visitan? (págs. 130-135) ¿Y qué hazaña realiza el león? (pág. 135)

13 Los cabezones impiden a Dorotea y sus amigos cruzar el cerro que les llevará hasta Glinda, así que ¿a quiénes recurren los viajeros? (pág. 137) ¿Qué harán el leñador, el espantapájaros y el león cuando se vaya Dorotea? (págs. 139-140) ¿Cómo consigue la niña regresar a Kansas? (págs. 141-143) ¿Qué explicación da Dorotea a su tía Emma acerca de su ausencia? (pág. 145) ¿Se cree la tía la historia de la niña? ¿Por qué?

Comentario

1 *El mago de Oz* cuenta la historia de una niña que emprende **un viaje imaginario al País de Oz**, un lugar fantástico. ¿Qué motivos tiene Dorotea para soñar con ese país? (pág. 9) Nada más llegar, la niña se maravilla al contemplar el País de Oz; ¿en qué se diferencia de Kansas? (pág. 15) ¿Qué tipo de seres encuentra en él?

2 En ocasiones a las personas mayores no les gusta que los niños y las niñas lean cuentos que pintan **mundos fantásticos** ni que se imaginen que son personajes de esos cuentos; por eso la tía Emma dice que «las brujas y las hadas murieron hace miles de años» (pág. 20). Por otra parte, el País de Oz está rodeado de «desiertos que nadie ha conseguido cruzar» (pág. 21), lo que quiere decir que no es fácil llegar ni salir de él: hace falta tener imaginación. ¿Te ocurre a ti lo mismo que a Dorotea? El mundo que te rodea, ¿es a veces gris y aburrido? ¿Tienes imaginación? ¿Te gustan las películas o los cuentos fantásticos? ¿Por qué? ¿Sabes qué les ocurre a Alicia en *Alicia en el País de las Maravillas* y a Bastián en *La historia interminable*?

3 Como en los cuentos de hadas, en *El mago de Oz* hay muchos **elementos maravillosos**: seres extraordinarios, animales o cosas que piensan, sienten y hablan, personas que sufren extrañas transformaciones, objetos mágicos, encantamientos, sucesos incomprensibles, etc. Por ejemplo, al principio del relato, ¿qué le ocurre a la casa de Dorotea? (págs. 13-14) En el mundo real, ¿qué efectos tendría un fuerte tornado en una casa de madera? ¿Y qué piensas que les habría pasado a Dorotea y a Totó?

4 Haz una **lista de los personajes de la historia** y di cómo son, cuál es su aspecto físico y su comportamiento. ¿Cuáles de ellos son reales y cuáles son fantásticos? Algunos pueden ser reales pero su comportamiento no lo es, como los lobos o los cuervos: ¿por qué?

5 La **magia** es otro elemento maravilloso. En el libro aparecen **prendas con poderes especiales** y sortilegios. ¿Qué poderes tienen los zapatos de la bruja del este y el gorro del hada del norte? (págs. 21, 23 y 141) ¿Y el silbato y el sombrero de oro que posee la bruja del oeste? (págs. 85, 88, 90 y 91) ¿De qué protege a Dorotea el beso del hada del norte? (pág. 23) ¿Qué poder excepcional tiene el único ojo de la bruja del oeste? (pág. 85) ¿Con qué sustancia es aniquilada esta bruja? (págs. 97-98)

6 Sin embargo, la **falsa magia** también aparece en la obra. ¿De qué trucos se vale el mago de Oz para reafirmar su poder? (págs. 73-82, 111-112 y 114-116) Comenta en qué consisten esos trucos y cómo logra sus diversas transformaciones.

7 En *El mago de Oz* **triunfa el bien sobre el mal**. Desde el momento en que llega al País de Oz, Dorotea ayuda a los personajes que lo necesitan y acaba con los malvados. ¿Qué ocurre nada más aterrizar la niña en Oz? (pág. 18). De la lista de personajes que has hecho en la pregun-

ta 4, ¿cuáles de ellos son desgraciados y en qué situación quedan al final de la historia? ¿Qué personajes son aniquilados y por qué? ¿Son hermosos los personajes malvados? ¿Y los bondadosos? Justifica las respuestas.

8 Para alcanzar sus deseos, los héroes de los cuentos deben **superar pruebas difíciles**. ¿Qué pruebas y peligros deben afrontar y vencer Dorotea y sus amigos? (págs. 51-59, 82-83, 84-94, 97-98, 129-130, 135 y 136-137)

9 A todas las personas nos gustaría tener **amor**, **inteligencia** y **valor**, las tres cualidades que echan en falta respectivamente el hombre de hojalata, el espantapájaros y el león. Pero el mago de Oz nos enseña algo muy importante, y es que **todos poseemos esas cualidades**: para desarrollarlas lo único que necesitamos es **practicarlas** (págs 117-118). ¿Qué pruebas dan el espantapájaros, el hombre de hojalata y el león de poseer, respectivamente, un cerebro, un corazón y valor? (págs. 28, 30, 50 y 52). Entonces, ¿qué hace el mago por ellos?

10 En *El mago de Oz* aprendemos también el **valor de la amistad** y de la **compasión** por los demás. Dorotea ayuda a sus tres acompañantes, a los guiñones, a los monos alados y al propio mago de Oz. ¿Cómo corresponden todos ellos a la generosidad de la niña? ¿Qué hace la reina de los ratones campestres cuando el hombre de hojalata le salva la vida? (págs. 53-59) ¿Crees que la **familia** es también importante para Dorotea? ¿Por qué?

11 El libro nos enseña asimismo que las **cosas no son lo que parecen**: el poderoso mago de Oz no es más que un viejecillo insignificante, aunque muy astuto, y sus continuas transformaciones no son más que trucos de circo; en la Ciudad Esmeralda todo parece verde porque sus habitantes se ven obligados a llevar gafas verdes. ¿Qué consigue Oz al engañar a la gente? (pág. 116) Si miraras el paisaje llano de las praderas

de Kansas o la meseta de Castilla, ¿creerías que la Tierra es redonda? Si todos los días te repitieran que a un niño travieso hay que castigarlo físicamente, ¿acabarías creyéndolo? ¿Conoces el cuento de Andersen «El traje nuevo del Emperador»? Explícalo en clase y di qué relación tiene con *El mago de Oz*.

Expresión y creación

1 Los personajes del leñador, el espantapájaros y el león son originalísimos. Imagina que Dorotea se encuentra por el camino a **otros personajes**:

a) Un hombre de piedra que no conoce la alegría, la risa o la imaginación.
b) Una niña de diez años que mide diez metros y que no para de crecer.
c) Un juguete roto y abandonado por su dueño.
d) Un árbol malhumorado porque no le gusta que se le caigan las hojas en otoño ni que la gente le quite los frutos.

Escoge uno de estos personajes, o cualquier otro que te inventes, descríbelo, haz que cuente una historia tan extraordinaria como la del leñador de hojalata (págs. 36-39) y di lo que le pide a Dorotea. ¿Cómo solucionaría el mago de Oz sus problemas?

2 Dorotea **no consigue que sus tíos la crean** cuando les cuenta la aventura que ha vivido en Oz. ¿Se te ocurre cómo podría la niña conseguir que la creyeran? Dorotea lo intenta, pero de repente se echa mano al bolsillo y… ¿qué encuentra allí?

3 De regreso a casa, Dorotea **escribe una carta** al hombre de hojalata, al espantapájaros y al león, y les cuenta cómo ha llegado a Kansas y que nadie cree su historia. Les pregunta cómo les va a todos y les da consejos. Les dice que

los añora y que a ella le gustaría volver al País de Oz para estar con ellos, pero no sabe cómo, aunque ya tiene varias ideas... Escribe la carta de Dorotea.

4 ¿Qué habría sucedido si Dorotea no hubiera logrado regresar a Kansas? ¿Con cuál de sus tres amigos se habría quedado? ¿O quizá hubiera preferido quedarse con el hada Glinda? Cuenta la historia.

5 Los **objetos mágicos** pueden utilizarse con fines malvados, como hace la bruja del oeste, o con buenos fines, como Dorotea. Imagina que el sombrero de oro de la bruja del oeste cae en tus manos. Pídele **tres deseos** e invéntate en cada ocasión unas **palabras mágicas** distintas para que tu deseo se haga realidad.

6 El espantapájaros y el leñador de hojalata discuten sobre si es preferible tener **un corazón o un cerebro**, y Dorotea no sabe cuál de los dos puede tener razón (pág. 40). Si a ti te dieran a elegir, ¿qué preferirías: ser muy inteligente, o tener un corazón de oro y querer mucho a todo el mundo y que todos te quisieran a ti? Debatid entre todos qué es mejor.

L. Frank Baum

La vida del escritor norteamericano Lyman Frank Baum (1856-1919) fue casi tan pródiga en peripecias y aventuras como la de sus famosos personajes. Nacido en un pueblecito de Nueva York, Baum padeció siempre de una salud delicada que, en su infancia, lo obligó a recluirse a menudo en casa pero le permitió devorar con pasión muchas novelas. Tanta era su afición a las letras que a los catorce años ya poseía una pequeña imprenta donde confeccionaba y publicaba un periódico. Con el paso del tiempo, Baum desempeñó toda clase de oficios: fue periodista, vendedor, gerente de teatros, actor, comerciante, inventor…, hasta que, tras el éxito obtenido por su libro *El padre Ganso* (1899), pudo realizar su sueño de dedicarse por entero a escribir. La consagración como escritor infantil, sin embargo, le llegó de la mano de *El mago de Oz* (1900), relato cuya extraordinaria acogida animó a Baum a preparar una versión teatral que se representó durante nueve años consecutivos, así como a escribir trece libros más con los mismos protagonistas.

La popularidad de *El mago de Oz* se debe tanto a la fantasía que la historia derrocha como a los valores que nos inculca. En su viaje por el fabuloso mundo de Oz, el espantapájaros, el león y el hombre de hojalata aprenden a ser más comprensivos y a apreciar el tesoro de una buena amistad. Pero, por encima de todo, descubren que el amor, la sabiduría y el coraje que van buscando solo pueden hallarlos en su interior.